JN068568

推しの溺愛が限度を超えてます

きたざわ尋子

CONTENTS ✦目次✦

推しの溺愛が限度を超えてます

✦イラスト・サマミヤアカザ

✦カバーデザイン＝久保宏夏（omochi design）

✦ブックデザイン＝まるか工房

推しの溺愛が限度を超えてます

「涼誠お兄ちゃん」

引っ越しの関係で滞在していたホテルのエントランスへ下りると、探すまでもなく彼――関宮涼誠が立っていた。

「急に来てごめんな」

「すごい嬉しいけど、なんで？　親戚のほうの大事な用事があったんだよね？」

会えた喜びと無理をさせた申し訳なさで、川久保佑紀はへにょりと眉を下げた。

本当なら、しばらく会えないはずだった。発つ前にこうして来てくれたのは佑紀にとって嬉しすぎるサプライズだ。

見惚れるほどの美貌を甘く蕩けさせ、涼誠はそっと佑紀の肩に手を置く。

「ユウより大事なことなんてないよ。大丈夫、ちょっと抜け出してきただけだからね。すぐ戻るよ」

いつもの優しい笑顔が、今日は少し寂しそうに見える。だが佑紀の寂しさはそれ以上だ。なにしろ明日から佑紀は知り合いが一人もいない土地へ移り住むことになるのだから。

「なんか、ごめん」

「そこはありがとう、だろ」

「……ありがと」

五歳年上の涼誠は、いつだって優しかった。

物心がついたときにはもう隣に涼誠が住んでいて、佑紀はずっと彼を兄のように慕ってきた。川久保家は母子家庭、関宮家は父子家庭ということもあり、互いの家庭の足りない部分を補い合うような家族ぐるみの付き合いをしてきたのだ。

互いの親が再婚して戸籍上でも兄弟になれたら……とも思っていた佑紀だったが、涼誠の父親にとって佑紀の母親はそういった対象ではなかったようで、いまから二年ほどまえに仕事で知り合った女性と再婚した。

その際、涼誠は新しい家族と住むために一戸建ての家へと移っていったのだが、それからも子供同士は親しい付き合いを続けてきた。

幼い頃に父親を亡くし、付き合いのある親類もいない佑紀にとって、涼誠は母親以外で最も近しい存在だ。

「明日、送って行けたらよかったんだけどな」

「大丈夫。ホテルから空港までバス出てるんだって。あ、着いたら手紙出すね。綺麗な絵はがき見つけて書くから」

「ああ、待ってる」

頭をくしゃりと撫(な)でられて、自然と笑みがこぼれた。

見上げる首が痛くなりそうなほど涼誠は背が高い。しかも芸能人でも滅多に見ないほど顔立ちが整っていて、何度スカウトされたかわからないほどだ。噂(うわさ)を聞きつけて家まで訪ねてきた事務所もあったと聞く。

「そうだ、ユウ。これを渡そうと思って持ってきたんだ」

大好きな人の大好きな声で、「ユウ」と呼ばれるのは嬉しい。自分の名前が好きではないから余計にそうだった。

「あ、これ……」

差し出されたのは見覚えのあるリュックだ。涼誠の持ちもので、以前から佑紀が格好いいと褒めていたものだ。欲しいという意味ではなく純粋な感想だった。

「餞別(せんべつ)。気に入ってただろ？　新品じゃなくて悪いけど」

「え、でもこれまだ一年くらいしか……」

中学生では手が出ないセミオーダーのリュックは、質のいい革を使っていて傷んだところも見当たらない。以前から、捨てる気になったら教えてくれと言ってあったのだ。

「ユウが思ってるほどじゃないよ。中古なんだから気にしないで使ってくれ」

「あ……ありがと。大切にするね」

リュックを抱きしめて、佑紀は頬(ほお)を緩ませた。

「ちゃんと使えよ。しまっておくのはなしだぞ」

「うん」

「それで、高校はこっちの学校に通えそうか？」

「まだ話してないんだけど、なんとかなるんじゃないかなぁ……と思ってる。さすがに中学のあいだは無理だけど」

「寮が無理なら、俺のところでもいいからな」

すでに大学生の涼誠は、家を出て一人暮らしをしている。遠慮はいらないと笑ってくれるのが嬉しくて、佑紀も自然と笑みを浮かべた。

「ありがと」

「俺の番号、ちゃんと持ってるか？」

「大丈夫」

電話番号もメールアドレスも、関宮家の固定電話の番号も、渡されたものは大事にしまってある。いまはまだお守りのようなものだ。

母親の方針で携帯電話を持つのは高校生になってからと言われているからだ。まだ一年以上も先のこととなる。

高校生になってスマートフォンを買ってもらったら、一番最初に涼誠の番号を入れる。佑紀はいまからそう決めていた。

「行ってくるね」

別れの挨拶はしたくないから、そう言って笑って見せた。

高校になれば戻って来られるのだと、このときは当たり前のように信じていた。

□□□

明け方の空気は、どこかキリリと引き締まっている。昼間はまだ暑いと感じることも多いが、この時間はさすがに秋の気配が漂うようになってきた。

夜の華やかさが嘘(うそ)のようになくなった町には、代わりに回収を待つゴミの袋や数羽のカラスが目についた。

道行く人もちらほら見られる。ようやく閉店したバーから帰っていく客と、しな垂れかかるようにして甘えながら見送る店主の姿もだ。

目が合うと、顔見知りの「ママ」は客にはわからないようにしてウィンクを寄越した。こんな時間だというのにメイクは崩れておらず、十分に綺麗だった。

佑紀は軽く頭を下げ、店の前を通り越した。挨拶程度の関わりしかない相手なので、会釈で十分だろう。

(今日は天気よさそう……関係ないけど)

これから昼頃まで寝る予定の佑紀には、今日の天候などはどうでもいいことだった。

週に五日、夜の九時から翌朝の四時まで、佑紀は軽作業のアルバイトをしている。

作業場にはほかに一人しかスタッフがおらず、同僚は五十代の男性だ。佑紀同様に明らかに訳ありといった雰囲気が漂っていて、無口なのか他人に興味がないのか挨拶すら軽く頭を下げる程度でしゃべらない。所持しているのはガラケーで、ＳＮＳなどにもまったく興味がないようだった。

おかげで佑紀は気が楽だ。以前の同僚は正反対のタイプだったので、佑紀は警戒して前髪を伸ばし、眼鏡(めがね)をかけて素顔を晒(さら)さないようにした。念のために現在もそれを続けている。

いまの仕事を始めたのはここ一年ほどで、その前はやはり深夜に清掃の仕事をしていた。

十五歳の春からなので、もう三年半ほどになる。

（意外とあっという間だったなぁ）

最初の頃は大変な思いもしたけれども、慣れればどうということもなかった。大きなアクシデントも病気もなく、母親らに居場所を知られることもなく過ごせた。

佑紀は今度の冬で十九歳になる。かつて思い描いていた人生とは大きく変わってしまったが、来春になれば元の自分を取り戻せるのだ。

ビルとビルの隙間の通路に入り、預かっている鍵で一階テナントの裏口からなかへ入る。

「疲れたぁ……あー鬱陶(うっとう)しかった」

目にかかる前髪をかき上げ、ふぅと息をつく。顔を隠すために伸ばした髪は仕方ないとはいえとても邪魔だ。

夜勤明けの重い身体(からだ)を引きずり、ようやく寝床に戻ってきた。交通費の節約のため、勤務地までは片道三十分ほど歩いている。

先ほどのバーから数軒先のビルは三階建ての古いもので、一階と二階がテナントとして貸し出されていた。一番上のフロアにはビルのオーナーが住んでいるが、佑紀は一度も会ったことがない。

店内は酒やら整髪料やらの入り交じった臭いが残っていた。店主の主義で店内が禁煙なのが救いだった。ここに煙草（たばこ）の臭いまで入っていたらたまらない。

換気扇はまわっていたが、それだけでは不十分だった。佑紀は空気清浄機にスイッチを入れ、店内の掃除を始めた。

「あー……なんかこぼしてるじゃん」

溜（た）め息をつき、モップで水分を拭（ふ）き取ってから、濡（ぬ）らした雑巾で床を拭く。色のついた酒は甘いものだったのかベタベタして気分がよくなかった。

一通り店内を掃除し、溜まっていた洗いものをすませてから、佑紀はカウンターで食事を取った。

今日は冷蔵庫に小さめサイズのピザが二切れ入っていた。客が手を付けなかったものだろう。最初は抵抗があった残りものも、いまでは気にせず食べられるようになった。衛生的に問題があるものは廃棄され、残されることはない。

「ん、うま」

温め直したピザを水と一緒に胃に詰め込み、使った食器を洗ってからバックヤードへ行く。

バックヤードとは言っても、後付けのパーティションで仕切っただけの三畳ほどのスペースだ。店で出す酒や各種飲料の在庫と、予備の椅子(いす)とミニテーブル、古いソファが一つ。そして片隅には半畳ほどのスペースを占領してシャワーユニットが置いてある。

佑紀はさっとシャワーを浴び、倒れ込むようにしてソファに横たわった。

十分な長さもないソファだが仕方ない。それにもう慣れてしまった。なにしろここで眠るようになって三年半なのだ。

必要以上の手を差しのべることはないが、佑紀は「姉」に十分感謝している。あの日の出会いがなかったら、佑紀はいまごろどうなっていたかわからなかった。

あの夜に手に入れたのは、逃げるために必要な偽物としての人生だった。

中学校の卒業式があった日は、朝から小雪がちらついていた。

それから二日後の今日に至るまで、思い出したようにときおり降ってはやむという天気が続いている。

乗り込んだ新幹線の窓際の席に身を沈め、佑紀は外を見ることもなく下を向き、発車の時間を待った。

肘を突いた手に額のあたりを乗せていれば、きっと疲れているように見えるだろう。不自然ではないはずだ。

やがて電車はゆっくりと金沢駅を出発した。

佑紀は小さく息をついたが、それでも顔を上げることはしなかった。

（大丈夫。見つからないはず……）

手持ちはそう多くない。貯めた小遣いの半分は新幹線のチケット代で消えてしまった。佑紀名義の通帳はあるものの、カードも印鑑も母親が管理しているので、探す時間がなかったのだ。とにかく早く家を出なくてはと諦めた。

無謀であることは承知している。けれども、あのままでいることは恐怖だった。ろくな策も浮かばないうちに、どんどん東京に近づいていく。とうとう大宮駅を後にしてしまった。

（もうすぐ着いちゃうか……）

途方に暮れると同時に、あの場所から遠く離れられたことにほっとした。

長い時間固まっていた佑紀はようやく顔を上げて窓の外を見た。夜の町は十分過ぎるほどに明るく、弱い雨が降っている。

やがて電車は一度地下へと潜り、上野駅から再び地上へ出ると終点である東京駅に到着した。次々と席を立つ乗客を見送り、佑紀は最後に電車を降りた。

行く当てはない。けれどもホームに突っ立っているのも不審に思われそうで、とりあえず新幹線の乗り換え改札口を出た。

邪魔にならない場所に移動して壁にもたれ、深い溜め息をつく。

「ほんとに……どうしよ……」

ふと顔を上げて、佑紀は小さく息を呑む。

視線の先にあるのはアパレル系の広告だ。〈Ｌｏｕｐ ｎｏｂｌｅ〉という、立ち上がったばかりのメンズファッションブランドだった。

広告写真のなかから挑むように視線を向けてくる涼誠に、言いようのない切なさと苦しさを覚える。

最後に会ったときより、顔つきも雰囲気も精悍さを増していた。

（やっぱり格好いいなぁ）

抜群のスタイルの良さに、整った顔立ち。退廃的で色気があるのに、知性と品の良さが漂う不思議な人だ。

彼がモデルを始めたのは、佑紀が東京を離れた数ヵ月後だった。何度もスカウトを断り続けていたのに、なにか心境の変化があったらしい。

雑誌やこういった広告で見る彼は、まるで知らない人のようだ。もう違う世界にいるのだと強く感じさせられた。

だから涼誠に連絡を取るという選択肢はなかった。連絡先は大切に持ち続けているが、そうするわけにはいかないのだ。

「ねぇ、ちょっといい？」

それが最初自分にかけられたものだとは思わなかった。

じっと広告写真を見続ける佑紀の前に、まるで視線を遮るようにして長身の人物が立った。それでようやく気づいたのだ。

年齢は二十代後半というところだろうか。アッシュブロンドのレイヤーボブに、黒を基調としたカジュアルスタイルがよく似合っている。顔立ちはとても綺麗で、モデルだと言われても納得しそうな美形だ。

ハスキーで少し低い声はどう聞いても男性のものだし、メイクをしているわけでもないのだが、しぐさがどうにも女性っぽいような気がした。

「あんた、家出してきたでしょ」

「っ……」

いきなり突きつけられた言葉に佑紀は息を呑んだ。

「ああ待って、逃げないでよ。別にどっかに突き出そうとか説教しようとかってんじゃないから。いまちょっと暇なのよ。ジュースでもおごってあげるから、付き合いなさい。どうせ当てがなくて困ってるんでしょ？　教えてあげられること、あるかもしれないわよ？」

見たところ、彼女（？）は観光客ではなく東京、あるいは近隣地域の人のようだった。確かに佑紀の知らないことも多く知っていそうだった。

しばし考えて佑紀は頷（うなず）いた。損はないように思えた。

「……あの、駅のなかにカフェってありますか？」

「コーヒーショップになっちゃうけど。なに、構内ですませたいの？　警戒心が強いのはいいことね」

「あ、いや、改札出たらどこか行くとき切符買い直さなきゃいけないから……」

「ああ……そうね。節約は大事よね」

あっさりと納得し、彼女は歩き出す。なにも言わなかったが、ついてこいという意味なのは明白だった。

腰（こし）を落ち着かせたのは、言っていた通りコーヒーショップだった。席で待っているように言われて座っていると、しばらくしてトレイを手に彼女は戻ってきた。

「カフェラテとココア、どっちがいい？」

「えーっと……あ、ココアでお願いします」

「ん」

「ありがとうございます」

初対面の人におごってもらうなんて、内心ではかなりドキドキした。悪い人ではなさそうだが、人を見る目に自信などないのでなんとも言えなかった。

そう、親子揃って佑紀たちは人を見る目がないのだ。

「自己紹介がまだだったわね。私のことは艶子と呼んで。あんたも下の名前だけでいいわよ。偽名でもあだ名でもいいし」

「あ、あの……俺は、ゆ……ユウキ、です」

さすがに本名を告げることは躊躇われた。とっさに出たのは、読み方を変えただけの限りなく本名に近いものだったが。

「ユウキね。中学生？」

「おととい卒業しました」

「あら、そう。で？　なんで家出したの？」

「話すと長くなっちゃうんですけど……いいですか？」

端的に言えば、男に襲われて嫌だから逃げてきました……となる。だがこの際だから溜め込んでいたものもすべて、この初対面の人にぶちまけてしまいたくなった。

「いいわよ。言ったでしょ、暇だって。今日はお仕事も休みだから、何時間かかったってかまわないわ」

「いや、そこまではかからないですけど」

「じゃ、ゆっくりやりましょ。ああ、冷めないうちに飲みなさい」

「いただきます」

一口飲んで、ほっと息をつく。そういえば昼過ぎからなにも口にしていなかった。空腹感も喉の渇きも感じていなかったが、自覚していなかっただけのようだ。

「ユウキは金沢から乗ってきたのよね？」

「え？」

なぜそれを、と問い返す前に、艶子は続けた。

「私は富山からよ。席が近かったの。私が乗り込んだとき、あんたもう寝たふりしてたから」

「ね……寝たふりって……」

「そうでしょ？」

「……そうですけど」

あれは考えていたのだ。ちゃんと逃げられるのか、これからどうするか、いまの自分にどんな手が打てるのか——。

結局いまに至るまで結論は出ていないのだが。

「ずっと石川だったの？」

「いえ、一昨年引っ越してきて」

「それまでは？」

「横浜……あ、でもいったん札幌に行って、そこから……です」

「ふぅん。お父さんの転勤かなにか？」

短期間で居を変えると聞けば、当然そういう考えに至るだろう。普通のことだった。

佑紀は緩くかぶりを振った。

「父親はいないです。その……いろいろあって、母と二人きりだったから」

「あえて空気読まずに聞くけど、いろいろって？」

聞き流すことなく尋ねてくるが、口調がさらりとしていて表情もあまり変わらないせいか、嫌な印象はなかった。興味本位で聞いている感じではなかった。

「あの、父は俺が小さい頃に亡くなってて、なんかほとんど駆け落ちみたいな感じで結婚したから親戚とかもいないというか、いるけど会ったこともなくて……それで、一昨年母親が再婚するってことになって、相手が仕事辞めて実家の跡を継ぐっていうんで、実家があるっていう札幌に引っ越したんですけど……」

佑紀は当時を思い出し、思わず遠い目をした。

「けど？」

「あー……その、結論から言うとロマンス詐欺でした」

「は？」

「結婚詐欺っていうほうが、わかりやすいのかな。とにかく、騙されたんです。俺は一度しか会ったことなくて……いい人そうって思ったんだけど……俺も見る目ないみたいです」

イケメンではないけれど優しそうで聞き上手で誠実そうな人だと思っていた。中学生のコブ付きでもいいなんて、よっぽど母親のことを好きなんだと信じていた。母からもまた、真面目で仕事の出来る素敵な人なんだと聞かされていた。

詐欺男の触れ込みでは、シリコンバレーに本社がある外資系企業に勤めている会社員……ということだった。企業名は聞いたが、発音がネイティブ過ぎてよくわからず、聞き返すのも失礼かと思い、結局わからずじまいだ。どうせ嘘なのだから聞くだけ無駄なことだったが。

艶子は唖然とした様子で何度か瞬きし、それから大きな溜め息をついた。

「それはお気の毒ね。でもそこからどうして北陸に？　横浜に戻るっていう話にはならなかったの？」

「騙されたことを知られたくないって……母親が言うから……。相手の自慢とかしまくってたし、恥ずかしいってことみたいです。いやスペックとか経歴とか全部嘘だったわけですけど、本当だったら確かにどこに出しても恥ずかしくない感じだったから」

高学歴で高給取り、それを辞めても実家は地元でホテルを複数経営している資産家だと言っていた。

「見栄っ張りね。プライドが高いの？」

「まぁ……そういうとこはあるかも」

一見儚げでふわっとした女性に見えるし、話し方やしぐさなどもおっとりしているのだが、確かに艶子が言う通りの部分はあった。

しかも母親が気にするのは常に他人からの評価であり、そのために付き合う相手に求める要素も容姿や社会的地位あるいは経済力といったものだった。そのほうがわかりやすいからだ。形にならないもの——たとえば性格のような内面的なものは、彼女にとってわかりにくいものなのだ。

「石川県に移ったのはどうして？」

「母は小さい頃から、親の仕事の関係であちこち転々としてたみたいで、そのなかでも石川が印象深かったらしいです。金沢市の隣町なんですけど」

「知り合いがいたの？」

「二十年以上会ってないような人が何人か。でも親切な人たちで、いろいろ相談には乗ってくれたみたいです。あ、詐欺師の男は去年の暮れに捕まりましたよ。ニュースで見ました。母は被害者として名乗り出ませんでしたけど」

結構な額を貢ぎ、無駄に引っ越し費用やらマンションの契約料やらを支払わされたが、どうせ回収など出来まいと母は沈黙を貫いた。詐欺師の男は、同時に何人も騙していたようで、同じように地方に誘導された被害者がいたようだった。

騙された女の一人として見られるのがいやだったのだろう。

「そもそもどうして引っ越したの？　短期間であちこち行くのは大変だったでしょうに」

「あー、それは札幌の住所、知り合いに教えちゃったからです。騙されたこと知られるのは嫌だって言って、横浜での人間関係断っちゃったんです」

「あんたまで巻き込んで？」

艶子の顔が険しくなった。初対面の佑紀のために怒ってくれているのだ。いい人なんだろうなと思った。

佑紀は苦笑いで返すしかない。

「まぁ……それで、友達とか幼なじみとかには絶対連絡するなって約束させられました」

「いい子ちゃんが過ぎるんじゃないの？」

「そういうんじゃなくて、なんて言うか……なにかあると泣いて、二人きりの家族なのにとか、お母さんあんたのために頑張ってるのにとか言われるから……確かにその通りだし、育ててもらってるし……」

佑紀も少しは家事を手伝ったが、基本的には母親がこなしていたし、仕事もしていた。身のまわりのものも買ってくれたし、十分な食事も与えられた。時間がないなりに、手作りの料理も食卓に並んでいた。塾だって行かせてもらっていたし、学校行事も出来る限り参加していた。

息子(むすこ)の目から見ても必死にこなしていた。そう、こなしていたのだ。母一人子一人という境遇にもかかわらず佑紀が冷めてしまったのは、母親からどこか義務的な、あるいは強迫観念めいたものを感じていたからだ。

　彼女が頑張るのは周囲からの評価のためでは、と穿った見方をしたこともあった。そんな自分が佑紀は嫌だった。

「俺、いい子なんかじゃないです。母が泣くのが苦手で……でもそれって心が痛むとか、そういうんじゃなくて、愚痴と自己否定がセットだから聞きたくなかっただけだし」

「あら、私だって客が相手じゃなかったら同じこと二回は聞かないわよ。客だって三回が限度だけどね。一応言っておくけど、あんたはいまが一回目だから聞いてるのよ」

　釘を刺すように言っているが、茶目っ気たっぷりだから棘も毒も感じなかった。佑紀は少し頬を緩ませ、小さく頷いた。

「同じこと繰り返されるってきついですよね。黙って聞いてると、どうして頑張ってるのにわかってくれないのって責められるし、でも毎回同じことで宥めたりするのも大変で……」

「面倒くさい女ねぇ」

　艶子は容赦なく吐き捨て、冷めつつあるカフェラテを飲んだ。

　佑紀はなんとも言えず、同じようにココアに口を付けた。その甘さに少し気持ちが落ち着いた。

「面倒くさいですめば、ここにいなかったです」

　佑紀は我知らず溜め息をついた。同時に原因となった出来事を思い出し、ぞわりと鳥肌が立った。

無意識に腕を摩（さす）っていた。

「なにがあったの？」

「えっと、内緒で引っ越してすぐに母は料亭で仲居を始めたんですけど、そこで地元の名士っていうのかな、大病院を経営してるお金持ちで政治家とも親しくしてるような古い家柄の……そういう人の、愛人になったんです。生活みてもらうタイプの愛人」

「やるわねぇ。あんたと母親って似てるの？」

「まぁ……顔は」

さすがに母親ほど線は柔らかくないが、よく似た顔立ちなのは間違いない。少し前までは性別を間違えられることもあったし、いまでも中性的だと言われる見た目だ。

この顔が好きかと聞かれたら、いまはとても頷くことは出来なかった。

「じゃあ美人なわけよね。相手はコブ付きってこと承知で囲ったの？　まさか隠してたわけじゃないでしょ？」

「俺込みで養ってもらってました。一年ちょっとかな」

「よっぽど気に入られてるのね。親子まとめて世話するなんて、太っ腹じゃない」

そこは否定しようもない。何度か会ったが、さほど感じは悪くなかった。いわゆる「偉そう」な態度ではあったが高圧的というわけではなく、佑紀につらく当たるようなことも邪険にすることもなかった。よく学ぶように、あるいは羽目を外さないように、などの真っ当なことを言うだけだった。

「金払いはいい人みたいです。そこまで嫌な感じの人じゃないと思ってたけど……やっぱり、俺も母親も人を見る目ないみたい」

「まぁ、人を疑うってことを知らなさそうよね。いまだって初対面の相手に、込み入った事情話しちゃってるし」

「それは……」

いい人そうだと思ったから、という言葉は飲み込んだ。人を見る目がないと言ったばかりでそれは口にしづらかった。

「利用してやるって気持ちでいればいいのよ。信用はしない、でも使えるものは使う……って感じね。人なんて簡単に手のひら返すし裏切る生き物よ。自分に余裕がないのに他人に優しく出来る人間は、とっても少ないわ」

いない、とは言わなかった。そこに理由もわからずほっとした。

「艶子さんは余裕あるんですね」

「まぁ、そうね。家出少年にココアおごってあげる程度ならあるわ。うん……でも、実はそれだけじゃないのよ。あんた、弟に似ててね。だからつい声かけちゃったの」

そう言いながら艶子は写真を取りだしてテーブルに置いた。学ランを着た少年が、一人の青年と並んで笑っている。青年は一目で艶子だとわかった。いまよりも若く、そして年頃の青年らしい服装とヘアスタイルだった。

そして少年の顔は、確かに佑紀に少しだけ似ていた。パーツ一つ一つを見れば違うのに、全体的には似て見えるのが不思議だった。

「ほんとだ……」

「だから放っておけなかったのよねぇ」

艶子の指先が写真の少年を撫でた。そのしぐさにも声にも表情にも、愛おしさと切なさが入り交じったものを感じる。

弟のことを尋ねることは出来なかった。

そしてこの先のことを口にするのは覚悟がいる。佑紀のなけなしのプライドがどうしようもなく疼くからだ。

気持ちが決まるまで艶子は急かすことなく待っていた。

意を決して、続きを話し始めた。

「もうちょっと我慢すれば、って思ってたんです。相手の男は別居中の奥さんと離婚調停中で、成立したら母と再婚するつもりでいたらしいから」

母親を宥めすかして日々を過ごしながら、そのときが来たら涼誠に連絡しようと思っていた。大病院の経営者と再婚できれば、ロマンス詐欺師に引っかかったことなど帳消しになって、かつての知り合いとの交流も許されると思っていた。

「また騙されてるとかはないの？　大丈夫なの？」

「多分……。公然の秘密というか、夫婦同伴のパーティーとかにも母を連れて行ってたくらいだし、事実上の婚約者だって知り合いにも紹介してたみたいなんで、本気なんだと思います。でもいまの奥さん三人目らしいから、母と結婚したとして、どれくらい保つかはわかんないですけど」

「確かにね。簡単に結婚して、離婚しそうだわ」

「母もそれは感じてたみたいでした。だからとにかく相手に気に入られようって必死なところがあって……だから……」

佑紀は目を伏せ、一度大きな呼吸を挟んだ。

「今日中学卒業の報告と、高校の入学金と学費出してもらったお礼を言いに、会いに行ったら……そいつの三男が……関西のどっかの大学に行ってるっていう三男が来てて、なんでか、目を付けられちゃって……」

「それはどういう意味で？」

艶子の目はすうっと細められていたから、予想はついているのだろう。佑紀は少し躊躇ってから、あえて端的に答えた。

「性的な、意味」

「そのバカ息子ってゲイなの？」

「どっちでもいいんだ、みたいなこと言ってました。俺が行こうとしてた高校の卒業生だからって、学校のこととか教えてくれたりお古の制服とかくれたりするって……それで、車に連れ込まれて襲われそうになって、必死で逃げたんだけど……」

　そこまでは、まだ耐えられたのだ。三男のことは嫌いだし、男の身で性的な暴行を受けかけたというのはショックだったが、その時点では怒りのほうが大きくて、がむしゃらに暴れて車から飛び出し、そのまま走って逃げられた。

「家に帰ったら、もう母親に連絡が入ってて。なんか、俺が勝手にふらっと帰っちゃったことになってて。三男が心配してるし、兄弟になるんだからって……叱られて」

「そんな男と兄弟になるなんて最悪ね」

　艶子の言う通りだと思った。

　長男と次男には会ったことがないが、二人とも医者だと聞いているし、評判も悪くはないようだった。だが三男だけが医学部に受からず、二浪して別の学部に進んだと聞いた。甘やかされているのか、あるいは口だけは達者で猫かぶりが上手(うま)いのか、いずれにしても親元を離れて好き勝手に暮らしていることは想像に難くなかった。

　親の地位や資産を自分のものだと勘違いしている典型的な男、というのが佑紀の印象だ。だがそれを許しているのも、母を四人目の妻に迎えようとしている男なのだ。

「お母さんに本当のことは言ったの？」

「言いました。けど……最初は真剣に聞いてもらえなくて。俺の勘違いみたいな感じで言われて。押し倒されたんだって言っても、じゃれあいくらいにしか受け止めてくれなくて」

「一応聞くけど、そうじゃないのよね？」

「やらせろ、って言いながら押し倒してきたら、そういう意味ですよね？」

本当はもっと卑猥（ひわい）で下品なことを言われたが、口にしたくなかったので忘れることにした。

「そうね。お母さんにもそれ言ったの？」

「はい。さすがに勘違いじゃないってわかったみたいだけど……今度は……頼むから揉（も）めごとは起こさないで、って溜め息つかれて」

「は？」

艶子の声が低くなって、目つきが剣呑（けんのん）なものになる。それを見て佑紀は胸がすく思いがした。おかしいのは自分じゃないと言ってもらえた気がした。

佑紀も耳を疑った。そしてぴしりと心にヒビが入る音を聞いた。

「しかも、男の人を恋愛対象にするのは無理なのかって聞かれて」

三男は見た目もいいし、将来性もある男だから、付き合ってみるのもありじゃない？　なんて言われた日には、しばらく言葉が出てこなかった。

「将来性はないと思うわよ。親のコネで、どこかの会社に就職したとしても、大したことは出来ないんじゃない？　まぁそれ以前の問題なんだけど」

「ですよね。同性とか、そういうこと以前に、会ってすぐ押し倒してくるのが問題ですよね。しかも別に付き合うとかじゃなくて、そもそも向こうだって俺のこと好きでも何でもないし。なんで母親からそういう言葉が出てくるのか、本気で意味わかんなくて……」

佑紀のなかにあった母親への期待感は、もう粉々になっていた。そして彼女とのあいだに見えない壁を作った。いや、本当は以前からあったのだ。あの瞬間まで佑紀が目をそらしていただけだった。

「要するに俺が騒いで、三男から話が変なふうに伝わって、結婚がダメになったら困るってことらしいです」

「男が無理とかいけるとかの問題じゃないでしょうよ」

しかも三男から電話があり、出たくもなかったのに電話を耳に押しつけられた。そうして脅しにも近いことを言われたのだ。

だからもう逃げるしかないと思った。あんな男に好きにさせるなんて絶対に嫌だった。涼誠が大事なんだと言ってくれた自分を守るためならば、もう母親の言うことを聞いたらダメだと思った。

「はっきり言うけど、母親にも問題ありね」

「それは……うん、わかってました。でもあの人、悪気はないんですよね」

「余計に厄介じゃない」

「うーん、そうかも。なんか……わかり合えないなって思うことがよくあったし。あと多分、母は自分が大好きなんですよ」

授業参観に目立つ格好で参加した母に次回はもう少しおとなしめでと頼んだら、「綺麗なお母さんのほうが佑紀ちゃんが嬉しいと思ったから頑張ったのにひどい」と言って泣かれたことがあった。ピンク色の服を買い与えられたときに困惑した顔を見せたら、似合うと思って買ったのにと泣かれたこともあった。

「本当は女の子が欲しかったのかな、って思うことも、よくあったなぁ。俺の名前も……あ、さっきユウキって言ったけど、ほんとはこういう字書いて『ゆき』なんですよ」

「ちょっと、あっさり本名バラすんじゃないわよ」

艶子は呆(あき)れた様子で溜め息をついた。その目は仕方ないものを見るようでいながら、母親よりよほど慈愛に満ちたものだった。

「艶子さんなら大丈夫かなって」

「あんた自分で人を見る目ないって言ったばかりよ？」

「あ、そうだった。でも、うん……大丈夫な気がするから。でね、なんで『ゆき』かっていうと、母親の推しの名前だったわけですよ」

母が十代の頃に夢中だった女性アーティストの名前なのだ。もちろん字は違う。

「ああ……いたわね、そういえば」

「女の子ならいいけど、男だときついじゃないですか。だから好きじゃないし、実際よくからかわれたりしたし、だから一回母親に言ったことあるんですよ。なんでユウキにしてくれなかったんだ、って。女の子みたいで嫌だって。そしたら、『えーなんで可愛いじゃない。佑紀ちゃんは可愛いからぴったりよ』って」

「微妙に会話になってないわね」

「うん。男だから可愛くなくていいって返したら、ひどいって言って泣き出して。五歳児の俺はもうどうしていいのかわかんなくなって、とりあえず謝りました」

以来、佑紀は一度も名前のことを母親の前で口にしたりはしなかった。母親と自分は感覚が違うのだと、子供心に悟ったからだった。

「ちょっとしたことですぐ泣くから、そのうち俺もはいはいって逆らわなくなっちゃって」

「まぁ、気持ちはわかるわ。スルーしたほうが楽だものね。それはそうと、バカ三男の父親はどういう考えなのかしら」

「わからないです。でも……俺の言うことより三男の言うこと信じるとは思います」

佑紀に対してあの男は特に思うところがないようだった。悪意はないが好意もなく、期待もしていない。つまりは関心がないのだ。可愛がっているらしい三男と比べるまでもなかった。

「警察に保護してもらうのは？」

「それが……三男が言うには、伯父さんは元県警の偉い人で現職の国会議員らしいんです。だから、警察に行ったところで伯父さんが握りつぶすって……」

「ただの脅しだと思うわよ」

「かもしれないけど、襲われたっていう証拠なんてないし。戻っても、打つ手ないから……それに、もし本当だったら困るし……」

三男の性根を知るいま、その身内がまともだとは限らない。そもそも父親にしても愛人を平然と連れ歩く人物だ。それに対して表立って問題にならないほどの影響力はあるということなのだろう。

「それに、下手なことしたら母が捨てられるかもしれないし」

「私だったら、そんなこと無視するわね。子供のことより玉の輿が重要だって言うなら、あんただって自分のこと第一に考えていいはずよ」

「男に依存しがちだけど悪い人じゃないし……その、母が結婚してくれたら俺も気が楽っていうか」

「そうね。あんたの手には余るわよね」

強かなところはあるけれど、精神的に強い人ではない、と佑紀は考えている。横浜で二人暮らしだったときも、隣の関宮家に精神的な依存をしていた。おそらくだが、涼誠の父親との再婚を望んでいたはずだ。

だからこそ、関宮が再婚して引っ越していった後、焦ったように自分も恋人を作ろうとし、結果として騙されたのだろう。

「はぁ……ま、あんたがそう言うなら、いまはそれでいいわ」

艶子は深い溜め息をつき、それ以上母親のことはなにも言わなかった。

「親戚はいないのよね。ほかに頼れる人は？」

問われて頭に浮かんだのは涼誠の顔だったが、すぐにダメだと否定する。輝かしい涼誠の人生に影を落とすようなことをしてはいけないのだ。

「いません」

「ふーん。じゃあ東京に出て来たのはどうして？　名古屋だって大阪だって行けたわよね？」

「それは……」

東京行きに乗ったのは、佑紀のなかでごく自然なことだった。ほかの地域に馴染みがなかったせいかもしれないが、涼誠のいる街だということも大きな理由だった。彼が実家を出て都内で一人暮らしをしていることはSNSで知っていた。

「その……実は会いたい人はいるんです。でもまだ会うわけにはいかなくて。だから……かな。とにかくいまは一人です。一人でなんとかしないと」

決意も固く言い切る佑紀に、艶子は溜め息をついた。

「じゃあ仕方ないわね。で、あんたは戻る気も警察へ行く気もないわけね。児童養護施設に入る気も」

「はい」

「そう……なら、少しだけ手を貸してあげるわ」

「え？」

艶子は脚を組み直し、テーブルに頬杖を突いた。

「事態が好転するまで。それか、あんたが成人するまで」

「え、でも……」

「寝泊まりする場所は提供してあげる。それと、名前と住所と保険証も貸してあげられるわ。働くにも病院にかかるにも必要でしょ」

「え、え？」

「弟の名前と立場が使えるわ。もちろん違法だけど」

違法という単語に佑紀は困惑した。頭のなかで一体どういうことなのかと必死で考える。

艶子は笑っているけれども目は真剣だった。

「え、あの……お、弟さん……は……」

「死んだわ」

静かに告げられた言葉に、佑紀はひゅっと息を呑んだ。そのまま言葉が出てこず、ただ艶子を見つめるだけになってしまう。

沈黙は少しのあいだ続いた。

「富山に行ったのは弟のことを確かめに行ったの。あの子……あんたと同じ十五歳のときに家出しちゃって、それから五年も音沙汰なしだったのよ。それが……少し前に急に弟の名前で手紙が届いたの。遺書みたいなものだったわ」

「い……遺書……」

「病気だったんですって。でも治療もしないで、そのまま死ぬことを選んだみたい」

そして手紙は弟が知人に預けたのだそうだ。自分が死んだら投函してくれと。

艶子は消印を頼りに、探偵を雇って調査をさせた。その結果を受け取ったので、営んでいる店を休みにして富山に飛び、無縁仏として埋葬されている墓地に行ってきたのだという。

「本当に死んじゃってたわ。追加調査の振りして弟の知り合いに会って、話も聞いてきた。だから今日は地味な格好なのよ」

決して地味ではないのだが、艶子の基準ではそうらしい。普段はモード系のユニセックスなものを好んで着ているという。

「最近の写真を見たわ。大人(おとな)っぽくなって……でも、前よりもずっと痩せてた」

「どうして……」

「ん？」

「なんで、治療しないなんて……」

手紙が届くのだから連絡先は知っていたわけだし、戻ることだって出来たはずだ。金銭的な問題なら、兄に頼ることも出来たのではないだろうか。

艶子はどこか遠い目をした。

「私への負い目でしょうね。プライドも少しはあったのかしら……。うちの両親ね、八年前に亡くなって、私は大学卒業したばかりだったけど……って、歳がバレちゃったわね。まぁいいわ。とにかく、頑張って三年くらいあの子とやってきたのよ。けど、私がこうだってことバレちゃって……あの子は、それがどうしても受け入れられなかったのね」

「それで、家出……？」

「あの子、それまで私のこと大好きだったのよ。憧れなんだって、ずっと言ってくれてた。だから必死に隠して理想の男を演じてたんだけど……ダメだったわ。ちょっとしたことで、バレちゃって」

「憧れてたから、裏切られたような気持ちになっちゃったのかな」

「そうなんでしょうね。嫌悪感丸出しのあの顔は、忘れられないわ。感情的になって思いつく限りの罵詈雑言を浴びせて、私のこと突き飛ばしていなくなったわ。ほら……ここ、ちょっと傷痕残ってるでしょ」

艶子は髪をかき上げ、こめかみに残る傷を見せた。二針くらい縫った痕が白い肌に痛々しく残っていた。

「血を見て動転したのかもしれないけど、真っ青になって、なにも言わずに飛び出して行っちゃったの。それっきりだった。手紙でそのときのことを謝ってたわ。あんなこと言って怪我までさせて実の兄を捨てたんだから、これは報いなんだ……みたいなことが書いてあった。そんなわけないのに」

寂しそうな笑みはとても苦くて、我知らず佑紀の表情も痛みを抱えるようなものになってしまった。たった一人の弟を、艶子は深く愛していたのだ。

「死亡届は出さずに、行方不明者届を取り下げるわ。だから、今日からあんたが倉本悠也の身分を使いなさい」

「でも……」

「大丈夫よ。私たちは広島出身で、いまの生活圏とはまったく違うから、知り合いに出くわす可能性はほぼないわ。弟の友達とか昔の近所の人とか、私の電話番号くらいは教えてあるけど、向こうはとっくに忘れてると思うし」

弟のことでなにかわかったら……と言って連絡先を渡してあるが、一度もかかってきたことはないという。弟が出身地に戻らなかったのだから当然だった。

「弟は家を出てから偽名を使ってたようなの。手紙を頼まれた知り合いは弟の本名も私の名前も知らないままよ。ああ。私は艶子の名前と顔でSNSとかやってるけど、今日は探偵として会いに行ったたから、そこから辿られる心配もないわ」

艶子は取り出した眼鏡と防寒用らしい帽子を見せた。帽子に髪を押し込んで眼鏡をかけ、しぐさと口調に注意すれば、確かに「艶子」とは結びつかないだろう。

「お察しかもしれないけど、私の店は新宿のゲイバーよ。そこのバックヤードに寝泊まりさせてあげる。身分証も使いなさい。悪用はしないと信じるわ」

「…………」

「でも手を貸すのはそこまでよ。実の弟になにもしてやれなかったから、気持ち的にそれ以上手厚いことはしてあげられない」

それは当然のことだろう。むしろ十分過ぎる申し出だった。

「私と来る？」

佑紀は頷き、おずおずと艶子の手を取った。

あの夜から、佑紀は倉本悠也になった。

朝まで働いて、昼過ぎに起きて勉強をし、また夜から朝まで働くという生活も、もう三年半続いている。

夜中の仕事を選んだのは、この店が明け方まで営業しているからだ。バックヤードにいてもいいと言われたが、息を潜めているのもきつそうだからその時間は働くことにしたのだ。従業員として雇うつもりはないと、艶子にははっきり言われている。

本物の倉本悠也ではない以上、顔見知りはあまり作らないほうがいいと思った。艶子の同業者たちは、暗黙のルールでもあるのかプライベートには触れてこないので、たまに見かける年の離れた弟と認識されているようだ。そもそも弟が行方不明だったことは、こちらの知り合いには話していなかったらしい。

「はぁ……」

なんだか今日は目が冴えて眠れない。いつもなら横になるとすぐに意識が飛ぶのに。

狭いソファの上で寝返りを打つと、シャワーユニットが目に入った。そしてぼんやりとそれの設置理由を思い出した。

バーのバックヤードにシャワーユニットがあるのは、十年前にここで営業していたバー——艶子が借りる前の店で必要だったから……らしい。

ここで暮らすことになった当時、艶子にそう説明された。つまり以前のバーでは店内で客同士、あるいは客と従業員が性行為に及ぶことがあり、そのためにシャワーを設置したようだ。もちろん何年も前に摘発されたと聞いた。

この場所で……と思うとげんなりするが、背に腹は代えられない。慣れたというよりは、感覚が一部死んでしまっているのだろう。幸いにしてソファは新調されているので、なるべく気にしないことにしている。

なかなか眠りにつけない佑紀は、艶子にもらったタブレット端末を手に取り、インターネットに繋いだ。前髪が邪魔なので、百円ショップで買ったカチューシャで一気に上げて、クリアな視界を確保する。

「これでよし」

真っ先に開いたのは〈ＲＹＯＳＥＩ〉のＳＮＳだ。

彼――関宮涼誠は大学一年の終わり頃からメンズファッション誌〈Ｓｉｂｏｒａ〉の専属モデルとして活動を始め、いまは〈Ｌｏｕｐ ｎｏｂｌｅ〉というブランドの専属モデルを務めている。二年前には自ら会社を立ち上げ、工学部で学んだことも生かしつつ様々な企画や開発を進めているらしい。

「格好いい……」

何時間か前に更新されたメッセージは写真付きで、買ってきたという二個のマグカップと涼誠自身が写っている。ミントグリーンとロイヤルブルーの色違いのカップだ。そこには「衝動買いしたけど、いまはまだ出番なし」という言葉がついていた。

それについてのフォロワーのコメントは様々だ。カップに対する感想や、言葉の意味を問うもの、あるいは涼誠を褒める言葉の数々。色合い的に彼女とのペアではなさそうだと安心するコメントもあった。

さらに「例のYUさんの分?」というコメントも見つけてしまった。

「あ……」

そうだ、ミントグリーンは昔から佑紀が好きな色だ。もらったリュックも、ポイントでミントグリーンが使われていて、だから余計に気に入ったのだ。

ちらりと目をやった先には、使い込まれたリュックがある。何年も使っているのに目立つ傷みもなく、革の風合いの変化が味になっていた。

佑紀が持ち出した思い出の品の一つだ。思えば現金以外で持ってきたのは、ほぼ涼誠に繋がるものだった。

複雑な思いを抱きながらタブレットの画面に目を戻す。

フォロワーが書き込んだ「YU」が誰のことか、佑紀だって理解していた。

涼誠は佑紀の誕生日にはメッセージをくれるし、ことあるごとに佑紀へ向けた遠まわしな言葉や写真を載せる。そのたびに一部のフォロワーは大いに反応し、涼誠はそれに対して「大切な存在」としか答えない。

(まだ覚えててくれてる……んだよね?)

嬉しくも申し訳ない気持ちでいっぱいだ。身に余る光栄どころか、ひどいことをさせているような気になってしまう。彼の貴重な時間を使わせていることに罪悪感を覚えるし、佑紀と同じく彼からの発信を楽しみにしているファンにも申し訳ないと思ってしまう。

佑紀なんてもはや一フォロワーに過ぎないのに。

文字通り住む世界が違うのだ。スポットライトを浴び続ける彼と比べ、佑紀は夜中の街で息を潜めているばかりの人間だ。

（ＲＹＯＳＥＩさま、優しいからなぁ。行方不明のままだと、やっぱ気になっちゃうよね）

本当の名前を堂々と名乗れるようになったら、こっそりと一度くらいコメントをつけてみようかな、なんて思っている。

そうやって生存を確認したら彼の気もすむことだろう。

（それとも、無事にやってるってことだけでも伝えたほうがいいのかな。俺のことをなんか言うたびに、ざわつくし……）

ずっと悩んでいることだ。だがコンタクトを取ったことで、彼にとってマイナスになるのは困る。それに万が一、母親に見つかったりしたらまずい。

どうしようかと思っているうちに時間が過ぎて、トンネルの出口までもう半年になった。どうするかは、身軽になってから考えようと思っている。

「あと半年」

来年の四月になれば、佑紀は元に戻れる。十八歳が成人と認められるようになれば、堂々と親の影響下から抜け出せるのだ。

たとえ母親の愛人――いまは夫かもしれない――やその身内がなにを言ってこようと佑紀を縛ることはできない。母親の立場が悪くなったとしても、それはもう彼女自身でなんとか凌いでもらう。

彼女の矜持や見栄を守るために、佑紀は何度も自分の気持ちを抑えてきた。我慢して、諦めて、言うことを聞いて、さんざん振りまわされても母親に従った。逆らって泣かれるのが面倒だったというのもあるが、言うことを聞いてきたのだ。

確かに彼女は佑紀を、父亡き後一人で育ててくれた。けれども彼女が息子の尊厳よりも再婚相手のご機嫌取りを優先するというならば、佑紀だってもう彼女の立場を考えて自分を押し殺す必要はないはずだ。

数年を過ごすうち、佑紀は自然とそう思えるようになっていた。

「いまごろ、どうしてるんだろ……」

佑紀には母親が現在どうしているのかを知るすべはない。再婚相手の兄だという政治家の動向は職業柄わかるが、母親の相手である男のプライベートはネットで調べても出てこなかったからだ。

「もうすぐ……うん、四月になったら新しいアカウント取って……高卒認定試験受けて……」

出来れば大学へ行ってみたい。涼誠と同じ工学部へ進んで、彼と同じＩＴ系に進みたい。

そうしたら、わずかでも涼誠が立ち上げた会社と関わる仕事が出来るかもしれないのだ。

佑紀を支えているのはその夢と、ファンとして得るＲＹＯＳＥＩの活躍だ。

会うことは出来なくても、遠くから彼の動向を見て、聞いて、同じように彼を愛する人たちに共感していれば幸せだった。

「うん、幸せ。ほんとラッキーだったよね」

あの日艶子に会えて、手を差しのべてもらえたことは、運が良かったというほかない。そうでなければ、いまごろ佑紀は落ちるところまで落ちていたかもしれないのだ。

「俺、元気だからね。だからＲＹＯＳＥＩさまも、あんまり気にしないで」

届くはずのない言葉を向けてみる。本心であって、本心ではなかった。覚えていて欲しい、気にして欲しいと願うのは、浅ましいとは思うけれども仕方ないことだ。

「仕事出来るようになるまで何年かかるかなぁ……その頃には忘れられちゃうかもしれないけど、会ったら思い出してもらえるかな」

いまだって、もしかしたら忘れられている可能性もゼロではないが、そこもまた希望に縋ることにしている。

ほかの匂わせについては別の誰かへ向けたものかもしれないが、佑紀の誕生日に「ＹＵ」へと向けられるメッセージは佑紀宛てと思っていいのではないだろうか。

（や、それも含めてなんかの戦略かもしれないけど）

注目を集めるために、フォロワーがざわつくようなこと故意にしているのかもしれない。なんのために、と言われたら答えられないが。

「あ、モカ味噌さん相変わらず情報早いな」

フォローしているＲＹＯＳＥＩファンが、活動のまとめを載せていた。ＲＹＯＳＥＩは現在一つのブランドの専属で、雑誌の専属にはなっていない。だからどの雑誌にいつ載るかを知るのは、いつも同じファンからの発信なのだ。

大勢いるファンのなかで、佑紀は三人ほどをフォローしている。淡々と情報だけ載せる人が一名と、感じのいい発言をする人が二名だ。一方的に読んでいるだけだが、佑紀は勝手に仲間意識のようなものを抱いている。

一通り目を通し、別のファンを見に行く。ＲＹＯＳＥＩの更新内容については、カップの色が綺麗という感想のみで、それよりもと昨日発売の雑誌についての感想が載せられていた。ＲＹＯＳＥＩがイメージキャラクターを務める「Ｌｏｕｐ ｎｏｂｌｅ」はこれまでメンズのみのブランドだったのだが、これからレディースも展開していくということで、副社長兼デザイナーのインタビューとともに数点ＲＹＯＳＥＩの初出しのショットが載ったのだ。

「そう、うん……そうなんだよ。ＲＹＯＳＥＩさまはフェロモンとか色気とかだけじゃないんだよね！」

そちら方面がもてはやされがちだが、理知的な瞳だとか品の良さがあってこそなのだ。そしてスタイリッシュなのに野性味が匂うあたりがまたいいのだった。

「完全同意だよ。さすがサワユリさん！　やっぱ解釈一緒」

どこの誰とも知らない相手だが、その人は佑紀にとって代弁者だった。上手く形にならない思いを、いつも的確に言葉にしてくれるのだ。

うんうんと頷き、別の人が付けたコメントも読んで満足すると、佑紀はタブレットを置いて目を閉じた。

気持ちはとても軽く晴れやかになったが、身体はとても疲れていて、佑紀の意識はすぐに沈んでいった。


目を覚ましたのは、消防車のサイレンがうるさかったからだ。耳を澄ますまでもなく、数台分のサイレンが聞こえていた。近いようだった。

時間を確かめると、まだ九時だった。三時間ほどしか眠れていない。いつもは仕事帰りにコンビニに寄るのだが、今日は気力がなくまっすぐ帰ってきたのだ。

ついでに朝食でも買ってこようとリュックを背負って外へ出た。

通りには様子を見に外へ出てきた人や、窓から顔を出している人の姿があった。

近くで火事があったことは間違いなく、人々の視線を辿るとビルの合間から煙がわずかに見えた。

少し歩くと、人の声が降ってきた。

「どこらへんだ?」

「マンションみたいね」

自室の窓から顔を出している夫婦のようだった。

マンションと聞いて佑紀は走り出した。あの方向にあるマンションには艶子が住んでいるからだ。

近づくにつれて野次馬の数は増えた。消防活動はすでに始まっており、人の声が飛び交っていた。

「艶子姉さん……」

どくんと心臓が跳ね上がる。火災が起きているマンションはやはり艶子が住んでいるところだった。

火は五階から出ているが、艶子の部屋は三階だ。幸いなことに少しずれていて、火がまわっている様子はない。

ポケットに入っていたスマホで艶子に電話をすると、すぐに繋がった。

「あっ、いまどこ?　大丈夫?」

『外よ。あんた……ああ、いたいた。そっちに行くわ』

通話が切れて間もなく、艶子が近づいてくるのが見えた。無事な姿を見て安堵するものの、マンションの火災はいまも続いている。

あたりは騒然となっていた。

「よかった。怪我はない？」

「なんともないわ。私の部屋も大丈夫だとは思うんだけど、避難しろって言われたから出てきたの。こんな格好で、やんなっちゃうわ」

「全然変じゃないよ」

寝間着代わりの黒いロング丈のスリーパーにブラックデニム——に見えるレギンス、そしてカーディガンを着た上にコート姿なので、まったくおかしくはない。着替えるよりも貴重品を持ち出すほうに時間を割いた結果のようで、本人としては思うところがあるらしい。

「あ……動いちゃだめよ。振り向かないこと」

艶子はそう言ってさりげなく佑紀の後ろにまわり、少しずつ物陰に移動した。

「なに？」

「スマホで撮ってるやつらがいっぱいいるわ。念のために、離れてなさい」

火事を写すカメラの存在を聞かされて一瞬身を固くするが、撮っているのはあくまで五階の火災現場だろうし、映り込んでいたとしても後ろ姿だ。そう思って肩の力を抜いた。

「えっと、姉さんはここ離れてもいいのかな」

「ちょっと聞いてくるわ。突っ立っているのもきついし」

艶子は目立たない場所に佑紀を残し、交通整理をしている警察官に話しかけに行った。そこからもう一度火災現場に目を向けると、先ほどよりも火の勢いは収まってきているようだった。

眠気はもうまったく感じなかった。

■■■

「うーっす、お邪魔しまーす」

よく通る声を上げ、関宮卓馬(たくま)は兄——涼誠の家へと上がり込んだ。

気怠(けだる)げに出迎えた涼誠の顔に笑みはないが、親同士の再婚で兄弟になったときから彼は笑顔を出し惜しみしているのでいまさらだった。

「兄貴さぁ、呼びつけといてその態度はいかがなものかと」

「バイトに見せる笑顔はない」

「いや俺、弟でもあるんですけど？」

「そういえばそうだったな。そっちのパソコンだ。今日は三コマ目は空いてるはずだな？昼飯は好きなものを頼め」

「あの、聞いて？」

一方的に用件だけ告げて涼誠は作業に戻った。卓馬が入ってきたときから一貫して画面から目を離していない。

つけっぱなしのテレビからは情報番組が流れていて、タレントや芸人の楽しげな声が流れていた。

がっくりと肩を落とした卓馬は、それでもめげることなく室内を見まわすと、場違いなほど弾んだ声を出した。

「仕事の前に上の階、見てきていい？　えーとね、五分。や、三分でパパッと見るから。あっちはまだ見たことないしさ」

涼誠が顔を上げることなく手を振って許可を出すと、卓馬は喜々として部屋の一角にあるドアを開け、階段を上がっていった。

ちなみにドアは指紋認証でロックを解除出来るタイプだが、いまはオフになっている。現状では必要がないからだ。

ここは年初めに買った五階建てビルで、四階と五階部分を住居としてリノベーションした。

間取りとしては３ＬＤＫだ。かなり余裕を持った造りになっている。

三階は涼誠の仕事部屋と資料部屋兼倉庫で、一階と二階は立ち上げた会社で使っている。建物の表と裏はそれぞれ違う道路に面しており、表通り側の入り口は会社専用、裏通りの入り口は住居用だ。二台分のガレージは裏通りに面しているが、こちらは来客用に開放する予定はなかった。

涼誠が上の階に引っ越したのはつい先日だ。以前から準備は進めていたのだが、ようやく体裁が整ったのでいままで住んでいたマンションを引き払った。

会社で使用する部分を優先したために住居は秋まで調わなかったわけだが、これは涼誠が内装や家具にこだわったせいでもあった。

間もなくして、家のなかを一通り見た卓馬が戻ってきた。

「すっげー意外」

「なにがだ」

「テイスト。てっきりブルックリンスタイルとかモノクロのモダン系とか、なんならコンクリート打ちっ放し系で来るかと思ったら、まさかの北欧系！　めっちゃナチュラルな雰囲気でびっくりだわ。趣味変わった？」

「そっちのほうがユウに合いそうだろ」

「あ……はい」

そういうことね、と呟きながら卓馬は溜め息と同時に頷くという器用なことをした。涼誠という男がなにをするにも佑紀中心だということは、出会った直後から嫌というほど目にしてきたのだ。

「それはそうと、三階ほぼ仕事部屋なのに上にも書斎作ったのな」

「一応な」

ほぼ仕事部屋と表現したのは、広いフロアの一角にトレーニングマシンが三種類も置いてあるからだ。

「あの、住める感じになってるとこもう一つあったけど……あれってもしかして……」

「ユウの部屋だ」

「ですよねー。うん、知ってた。客間じゃなさそうだなとは思ってた。万が一にでも俺のためのもんじゃないってのも気づいてた」

当然そうだよね、と呟いて、乾いた笑いをこぼした卓馬は作業用のパソコンに向かった。

パソコンに入っているのは開発中のゲームエンジンだ。涼誠自身はゲームをプレイしたり配信したりという趣味はないが、こうしてゲーム開発に必要なシステムを組んだり配信に必要なアプリやソフトを作ったりという作業を仕事の一つにしている。

モデルの仕事はあくまで副業だ。本当は辞めたいのだが、多少のしがらみと本業へのメリットがあるために続けている。だが一つのブランドの専属となったので、そちらの仕事はさほど多くはないのだが。

「あ、そうだ。電車のなかで、新しいフォロワーのチェックしたけど、あいつっぽい感じのはいなかったよ」

「そうか」

卓馬には涼誠のSNSのフォロワーの確認を定期的にやらせている。そのなかに佑紀がいるのでは、と期待してのことだ。

見てくれているという保証はないし、見たとしてもフォローしているとは限らない。数十万人いるフォロワーのなかに佑紀がいたとして、見るだけで一言も発していないという可能性もある。

それでも探させることをやめられなかった。時間があれば自分でやるのだが、最近は卓馬に任せているのだ。

「あいつ……どうしてんだろうな。もう五年かぁ……」

卓馬の呟きに涼誠は手を止め、小さく溜め息をついた。

五年前の夏にホテルに会いに行ったきり、佑紀には会えていない。それどころか消息もつかめていない状態だ。佑紀は消えてしまったのだ。

「なんで兄貴にも連絡して来ねぇんだろ」

「そっちにもなさそうだな」

「いや、あるわけないじゃん。あいつが頼るとしたら兄貴しかねぇだろ。ほんと……なんで家出なんか……」

佑紀が行方をくらませたことは、佑紀の母親から知らされた。涼誠のところへ行ったのではないかと尋ねてきたのだ。三年半ほど前のことだった。そのとき彼女は「家出してしまった」としか言わなかった。理由については「わからない」と言っていたが、それは嘘だろうと涼誠は思っている。そういう反応だったし、佑紀の行方を尋ねる以外になにも語らなかったことも怪しいと思ってきた。

「理由はわからないが、多少見えてきたことはある」

「そうなの？」

目を丸くする卓馬に、涼誠は黙って傍らの書類を目で示す。卓馬から距離があったため、彼は近づいてきて書類を覗（のぞ）き込んだ。

「げっ……兄貴、探偵使ったんか」

「おとといようやく上がってきた。読んでみるか？」

「やー、簡単に説明よろしく」

自ら読む気のない卓馬に嘆息し、涼誠は説明してやることにした。

「……川久保母子は、引っ越してすぐに札幌のマンションを解約して、なぜか石川県に移っている」

「なんでよ」

「黙って聞け。ユウの母親……実奈さんはそこで料亭の仲居として働き始めたんだが、半年もたたないうちに辞めてる。地元の名士の目に留まって、囲われたらしいな」

「へっ？　ちょっ……なんでなんで？　だって結婚するって、相手の地元に行ったんじゃねぇの？　あ、ダメになった？　だからまた引っ越したとか？」

「だから黙って聞け。そのあたりの事情はわからないが、とにかく愛人になったらしい。でかい病院の経営者だそうだ」

卓馬は唖然とした様子で聞いていたが、やがて納得したように頷いた。

「あー……そうなんだ。まぁ、美人だもんな。なんていうか、守ってあげなきゃみたいな気持ちにさせる系の……うん。男が放っておかないよな」

「ああいうのが好みか？」

「や、別に好みとかじゃないけど、実奈さんってそういう感じだったなって。そうだ、おばさんって呼ばれるの嫌がってたよな。最初めっちゃ戸惑ったわ」

涼誠たちの両親が再婚した後も何度か川久保実奈と会う機会はあった。そのときに卓馬は名前呼びに直されたわけだが、かつて涼誠も同じように戸惑ったものだ。

「で、ユウが失踪したのが三年前の三月なんだが、それから間もなく実奈さんは愛人と別れている。愛人というか、結婚秒読みと言われていたらしいけどな。で、カフェの店員として働き始めて、そこのオーナーの息子と現在婚約中だ」

「……って、息子が行方不明中に婚約？」

「これを受け取ってから、実奈さんに連絡を取った。もちろん調べたことは言わずに、いろいろと誘導して聞き出したんだが……」

彼女は佑紀が見つかるまでは結婚なんて出来ないと断ったようだが、彼女を繋ぎ止めることに必死の相手がせめて約束をと懇願して婚約に至ったらしい。事実かどうかはどうでもよかった。とにかく彼女はまだ独身だ。

「わお、相手の男必死じゃん。で、実奈さんはいまどこにいんの？」

「いまは元いたところの隣町だな」

「なんで息子行方不明なのに引っ越しすんだよ。戻ってきたら、とか考えねぇのかよ」

卓馬は実奈の話になってからずっと不機嫌そうだ。実奈の行動に納得出来ない部分があるのは涼誠も同じだった。

「前のマンションは愛人に与えられたものだったらしい。で、隣町に住んで、少しでも元愛人の勢力範囲から出ようとした……というようなことを言ってたな。禍根はないみたいだぞ。向こうは向こうで二年前に再婚してるしね。ただその病院経営者の評判はここ数年下がってるそうだ。評判の悪いバカ息子がいろいろとやらかしたせいでな」

「なにやったの」

「女子高校生を妊娠させて父親の病院で堕胎させたとか、ドラッグをやっているとか……まぁこのあたりは噂の範疇だ。後は夜中の住宅街で奇声を発したり、店で騒いだり客に絡んだり横柄な態度を取ったり……ってのを、地元に帰ってくるたびにやってたそうだ」

「わぉ、ヤカラじゃん。それって現在進行形？　父親なにやってんだよ」

「強制的に海外へ行かせたらしい。日本の恥を外へ出すなと言いたいけどな」

「完全に同意」

うんうんと頷きつつも、卓馬は顔をしかめたままだ。そして不意に表情を変え、涼誠を見つめた。

「もしかして、そいつが原因とか？　親の再婚で兄弟になるのが嫌で……とか。聞くだけでヤバそうじゃんそいつ」

「さぁな。結局、肝心のユウの手がかりはつかめなかった。これ以上の調査は無駄だろうと調査員も言ってる」

家を出てからの足取りはまったくつかめていない。

失踪当時、警察は動いていないのだ。これは届けを出した実奈が「家出の前に強く叱ってしまった」と証言したためだ。書き置きなどはなかったものの大事なものが持ち出されていたこともあり、自らの意思で家出したものとされた。

事件性がなければ、十五歳の少年が家出したところで捜査なんてしてくれないものらしい。

「そっか……ところでさ、いくら使ったんだよ。調査費用って高いんだろ？」

「安くはないが、別に問題ない」

「言ってみたいわーそんなセリフ。そうだよなぁ、兄貴って高校生のときからバイトやらなんやらで稼いでたもんね。スネかじりの俺とは違うわ。俺なんか、学費も家賃も親に出してもらってるし」

「別によくあることだろ。俺が特殊なだけだ」

比較的裕福な家庭で、親も当たり前のように学費を出そうとしていたのに、涼誠は自らの意思でそれを断った。

「あ、自覚あったのね。良かった、普通だろとか言われたらどうしようかと思った」

「俺にとっては当たり前のことだけどな。大学も住むところも自分の好きに決めたいから、金も自分で出そうって話だ」

親に出してもらったら、口を出されることも覚悟しなくてはならない。進学や就職はもちろん、生涯のパートナーに至るまで、涼誠は誰にも口出しされたくないのだ。

「あーいいなー俺も大学から近いとこに住みたい……実家よりは近いけどさぁ」

「ここに住みたいっていう話なら却下だぞ。一緒に住むのはユウと決めてる」

「……いや、別にそういうつもりじゃないけど……あの、肝心の川久保が見つからないままなんですがそれは……」

「だから探してるだろ」

一度調査は打ち切ったが諦めたわけではない。それは卓馬もわかっているのか、何度も大きく頷いた。

「あ、はい。ソウダネ。モデル始めたのだって、川久保からの連絡期待したからだもんね。くれないけど」

余計な一言を付け足した卓馬を、涼誠は無言で見やった。睨(にら)んだつもりはなかったが、卓馬は引きつった笑顔でおとなしく作業に戻った。

モデルの仕事は、結果的に別の仕事の一つ——出版社が展開するファッション誌連動の通販アプリの開設——に繋がったから無駄ではなかったが、涼誠のメッセージを届けて連絡をもらう、という目的はいまのところ果たせていない。

「火事か」

卓馬の呟きにつられ、涼誠はテレビを見た。マンションの一室が激しく燃えている映像が流れている。

早朝の新宿での火災だ。視聴者提供の映像らしい。

離れた場所からマンションを見つめる人々の後ろ姿が映っていて、その向こうに何台もの消防車が見えた。

「見つけた」

涼誠はテレビを指さした。

「は?」

「ユウだ、間違いない。この火事の情報を拾え。場所の特定と、映像と写真だ。デバッグは後まわしでいい」

「ちょ、ちょっ……待って待ってなに? 見つけたってどういうこと? なんなの?」

卓馬は目を白黒させ、矢継ぎ早に問いかけた。テレビ画面と涼誠を交互に見てくる。

「さっきの映像に映り込んでたんだよ。後ろ姿だったが、間違いなくユウだ」

「えぇぇー……いやいやいや」

卓馬は明らかに引いていたが、涼誠とて単なる思い込みで言っているわけではなかった。

「五年前に渡したリュックがはっきり映ってた。小さな工房のだから数は出まわっていないし、セミオーダーで二つとない配色なんだ」

「あ、そういう……あーあれか、兄貴が昔使ってた。そっか、川久保にやったとか言ってたよな確か」

安堵しつつ納得した卓馬だったが、続く涼誠の言葉にふたたび顔を引きつらせた。

「そんなものなくてもわかったけどな」

「…………」

今度はなにも言わずに、卓馬は黙々とSNSやニュースを検索していく。涼誠も同じ作業をし、間もなく複数の写真と動画を見つけ出した。

多くは火災そのものを撮っていたが、一つだけ少し遠くからマンションを撮った動画があった。そこに目当ての人物と、なにか話しているらしい長身の人物——こちらは横顔がはっきりと見える——が映り込んでいた。一瞬のことですぐにフレームアウトしたが、少し戻して停止し、拡大してみた。

「あ、確かにこのリュック見覚えある」

「一緒にいる男……」

「っ……！」

呟きを耳にした途端、卓馬は息を呑んで恐る恐る涼誠の顔を盗み見た。怖がって直視出来ないまま、横目でそうっと様子を窺って(うかがって)いる。

写真からでは親しいのかそうでないのかはわからない。男の横顔に笑みはないが、視線は佑紀に向けられているし、見知らぬ相手にしては距離が近い。

なぜかどす黒い感情は浮かんでこなかった。佑紀のそばに見知らぬ男がいるというのに、不思議なほど頭のなかは冷静だ。

年齢は二十代後半か。あるいはもう少し上かもしれない。見目のいい青年で、若く見えるが自分より五つは上だろうと涼誠は当たりを付けた。目立つ髪色をしている。

「ホスト……いや、違うな。ああ……そうか」

「え、なに？　なにがそうかなの？」

腰が引けつつも口を開かずにはいられないのが卓馬という人間だ。初対面のときから涼誠になにかしらを感じ取って恐れを抱きつつも、態度は親しげ——いっそ馴れ馴れしいほどで、言いたいことはそれなりに言うのだ。涼誠の地雷を踏まなければ——つまり佑紀のことで下手な対応をしなければ大丈夫だと、小学生の身ですぐさま理解したらしい。危機管理能力に長けた人間と言える。

涼誠は指示を出し、ネットに散らばる情報を集めさせた。同時に知人のスタイリストやヘアメイクアーティストに連絡を取り、切り取った写真を見せて情報を募った。

人物の特定が出来たのは、外がすっかり暗くなった頃だった。一度大学へ行った卓馬は、授業が終わるとすぐに戻ってきて涼誠を手伝った。

「行ってくる」

「え、マジ？　いろんな意味で大丈夫？　変装してったほうが良くない？」

「大丈夫だ。ああ、二階の仮眠室に泊まって行っていいぞ。なにかあったら連絡する」

「へーい」

二階は会社として使っているが、防音室や仮眠室という設備もあり、卓馬は何度か泊まったことがあるのだ。

「あ、防音室借りていい？　こないだアパートでホラゲやったら叫びすぎて、隣のやつに壁バンされちゃって」

「好きにしろ」

「やった。あ、健闘を祈る」

卓馬に送り出され、涼誠は新宿二丁目に向かった。

目当ての人物は小さなバーの「ママ」であり、その美貌で業界でもそれなりに知られた存在だった。店のSNSもあったので確認したところ間違いない。

開店と同時に入った店は、まだ客が一人もいなかった。思ったより店内は明るく、ボサノヴァが静かに流れていた。品のいい店だった。

「いらっしゃい」

カウンターのなかから気怠げな声がかかる。

涼誠は迷うことなく「ママ」の正面に座り、ジントニックを頼んだ。

艶子と名乗っている彼は、薄くメイクをしているもののかなりナチュラルで、服装もユニセックスなものだった。女装をするタイプではないようだ。

「どうぞ。こちらには初めてよね？」

「俺のことは知ってる？」

自分が有名だと思っての質問ではない。艶子が佑紀と親しいならば、涼誠のことも聞いているのではないかと考えたのだ。

艶子はにっこりと笑った。

「もちろん。〈Ｌｏｕｐ ｎｏｂｌｅ〉もわりと好きで、いくつかアイテムを持ってるわ。でも〈サイフィール〉だとやっぱり〈ネオゴシック〉かしらね。今日もそうよ」

「だろうな」

艶子のお気に入りブランドは、〈サイフィール〉というアパレルメーカーの一ブランドでジェンダーフリーを謳っているのだ。

「腹の探り合いをする時間も惜しいんだ。単刀直入に聞く。この子の居場所を教えてくれ」

涼誠はスマートフォンをカウンターに置き、艶子の横顔が写った画面を見せた。画面の半分には佑紀の後ろ姿が写り込んでいる。

「……やっぱり知り合いだったのね」

艶子は大きな溜め息をつき、涼誠に待つように言ってからカウンターを離れた。そして店のドアに準備中のプレートを出し、鍵までかけて戻ってきた。

「俺のことは聞いてないか」

「知り合いだとは聞いてないけど、雑誌買ったりＳＮＳフォローしたりはしてたわよ。それはもう嬉しそうな顔してね。っていうか、あの子普通に推し活してるわよ」

「ユウが？」

「そう。このあいだも、あなたが打ち上げだか打ち合わせだかで使ったカフェに行って、同じ席に座れたーって楽しそうにしてたもの。すごいわよね。すぐ特定しちゃう人たちがいるんですってね。あとなんだったかしら……そうそう、あなたが飲んでた水よ。スペインだかどこかの、おしゃれなやつ。あれも探して買ってたわ。ボトル捨てずに持ってるんじゃないかしら」

「それは……」

艶子の口から出たエピソードに涼誠は少なからず衝撃を受けた。佑紀のなかで自分はまだ幼なじみのままなのか不安になってきた。

「それだけ聞くと、ただのファンみたいでしょ。でもね、なんとなく、ただのファンではなさそうとは思ってたのよ」

「どうしてそう思ったのか聞いても？」

「基本的にキラキラした目で見たり、語ったりするんだけど……たまにね、すごく懐かしいものを見るような顔になるのよ」

「……幼なじみなんだ。家が隣同士だった」

「それだけ？」

違うだろうと目が告げていた。勘がいいのか、あるいは単に鎌を掛けたのか、どちらにしても涼誠は正直に返すだけだった。

「いまのところは、と言っておく」

「なるほど。ねぇ、私も飲むけどいいかしら」

「じゃあ、それは俺が」

「ありがとう。遠慮なく」

用意した水割りで喉を潤しながら、艶子はどうやって見つけたのかを確認してきた。気になるのはそこらしい。

「きっかけはニュース映像だ」

「って、まさかこの後ろ姿で特定したの？」

「このリュックは俺がやったんだ。二つとないやつでね」

若干引いたような反応が卓馬と一緒だったので、ここはリュックのおかげということにしておいた。現在の佑紀と近い人物から悪い印象を持たれたくはなかった。

「ああ……そういうこと。あの子、大事にしてるわよ」

「会わせてもらえないか。ずっと探してたんだ」

「そうなんでしょうね。でも、あの子が自分の意思で会おうとしなかったのは事実よ。だから私が勝手に決めるわけにはいかないわ」

胸を抉る（えぐ）ような言葉だった。

涼誠が探していると知りながら、佑紀は名乗り出なかった。あらためてその事実を突きつけられてしまった。

それでも涼誠は食い下がった。ここで引くつもりはなかった。

「連絡は取れるんだな？」

「ええ。だからあなたのことは言うわ。でも私はあの子の意思を尊重させてもらうから、ことによっては、居場所を変えさせるくらいするわよ」

「ずいぶん警戒するんだな」

「それだけの理由があるのよ。ねぇ、あの子の母親がいまどうなってるか知ってる？」

理由とやらが気になったものの、艶子が話してくれることはないだろう。だから深追いはせず、持ってきた調査報告書を艶子の前に置いた。

「……これを渡してくれ」

「あら、探偵雇ったのね」

「簡単に説明する。母親の実奈はいまカフェの店員として働いていて、そこのオーナーの息子と婚約中だ。以前の男とは別れている」

「へぇ……病院の経営者とはもう完全に切れているのね？　そいつの身内とも？」

原因は母親だけでなく、その周囲にもあったのだ。艶子の反応から涼誠はそれを確信した。

「そっちはそっちで再婚してるし、出来の悪い息子は海外留学中だ。問題行動を庇（かば）いきれなくなったらしい。留学って名目の厄介払いをされたらしいな」

涼誠はこの調査結果を受け取ってから、母親の実奈に連絡を取ったことを付け足した。報告書にはなかったことも、一応知らせておく。

「そう。それは良かったわ」

「母親の相手は問題なさそうな人物だった。実は三日前に会いに行って、相手にも話を聞いてきたんだ。そういう意味でも、安心してもらえると思う」

「アクティブね。いいこと教えてくれたお礼に、あなたが気になってるだろうことを教えてあげる。私と関わってるから、そっち方面を心配してるだろうけど、あの子を店に出したことはないし、悪い虫を近寄らせたこともないわ。感謝なさい」

「それはもう、最大限に」

冗談めかして言ったものの、これは紛れもなく本心だった。たとえ佑紀がどんな状況であろうと受け入れるし、付き合っている相手がいるというなら奪う気でいるが、誰の手にも落ちていないというならばそれ以上のことはない。

「私が知る限り、個人的に付き合ってる相手もいない。むしろ人付き合いしないように暮らしてるわね」

「ところで、あなたとはどういった知り合いで?」

「家出少年を見かけたから、話しかけて事情を聞いて、匿った。それだけよ。私にもちょっと事情があって、あの子を放っておけなかったの。まぁ自己満足の代償行為よ」

少し投げやりにも聞こえたが、涼誠は軽い相づちだけでそれ以上は問わなかった。赤の他人が軽々しく聞いていいことではないと感じた。

「ほかに聞きたいことは？　ちなみに健康状態は悪くないけど、いいとも言えないわよ。病気って意味じゃなくて、栄養的に問題あると思うわ。申し訳ないけど、そこまでは面倒みてないから」

「なるほど」

隠れて生きているというならば、食事が十分でないことは想像に難くない。涼誠は軽く頷いた。

「俺としては、一日も早く真っ当な生活に戻したいんだが」

「私だってそうよ。でも、いろいろあるのよ。まぁ、これ読んだ限りじゃ、戻っても問題ないと思うけど」

「一緒にこれを渡してくれ」

涼誠は一通の手紙を差し出した。開店時間まで少し待つ必要があったので、近くのカフェで佑紀宛てに書いたものだ。

「必ず渡すから、今日のところは帰ってちょうだいね。あ、どうやって連絡したらいい？　ダイレクトメッセージとか？」

「ここに頼む」

会社用の名刺の裏に電話番号を書き、二枚渡した。一枚はもちろん佑紀へ渡す分で、もう一枚は艶子へだ。現在の保護者である艶子ともしっかり繫がっておきたかった。

艶子は黙って受け取り、自分も名刺を出して裏に電話番号を書いた。黒と紫を使用した名刺には、店名と源氏名が入っていた。

「プライベート用よ。ま、近いうちに連絡出来ると思うわ」

「期待してます」

涼誠はグラスの酒を飲み干すと、代金を置いて席を立った。軽く手で合図し、ドアのプレートを裏返すと、まだ活気付くには早い街を歩き出す。

身体がずいぶんと軽く感じた。不安はまだ胸の内に巣くっているが、安堵と期待感のほうが大きくなっている。

このまま張り込んで、あるいは仕事明けの艶子を尾行して、一秒でも早く佑紀を捕まえたいという欲求が頭を擡(もた)げてくるが、それをなんとか押しとどめた。

焦るなと言い聞かせ、通りに出てタクシーを拾う。

家に戻っても、今日はもう仕事になる気がしなかった。

□□□

火事のせいで睡眠時間が大きく削られ、重い身体を引きずって仕事へ行った佑紀は、へとへとになってバーに帰り着いた。

すると普段ならばとっくに帰っているはずの艶子が眠そうな顔でソファ席で待っていた。

「え、なに？　どうしたの？　火事、やっぱ被害あった？」

「家は無事よ。とりあえず、それ食べなさい。掃除は後でいいから」

「あ……うん」

なんだろうと思いつつ、用意されていた弁当を温めて食べた。そのあいだ艶子はずっとスマートフォンを弄って（いじって）いた。

こんなことは初めてだった。なにかあったのは確実だが、前日の火事以外に変わったことは思い浮かばない。悪い知らせだろうか。あれこれ考えてしまい、せっかくの弁当を味わうことは出来なかった。

「ご……ごちそうさまでした」

「本当は一眠りさせてから、って思ったんだけど……早いほうがよさそうな気がしたから。これ、預かったわ」

差し出された手紙には名刺が重ねられている。手に取り、そのまま佑紀は固まった。株式会社ｃａｒｉｓｓｉｍａ代表取締役、関宮涼誠と書いてあった。

なにも考えられなかった。頭のなかは真っ白で、息をすることすら忘れていた。

「開店と同時に本人が来たのよ。火事のニュースであんたを見つけたみたい。なんていうか、執念みたいなものを感じたわ。すぐにでも会いたがってたんだけど、あんたに聞いてからって思って。家出の原因のほうはもう大丈夫みたいよ」

艶子は涼誠から預かったという調査報告書も渡した。それに目を落とした頃には、最初の衝撃も去って代わりに激しい動揺が襲ってきていた。

ようやく呼吸することを思い出したものの、一度に入ってきた情報が多すぎて整理が追いつかない。それ以上に感情がついて行かなかった。

名刺の文字を見つめるだけの佑紀を、艶子はただじっと待っていた。

「ゆっくり考えなさい。昼過ぎにまた来るわ。これ飲んで寝ちゃいなさい」

艶子は酔い止めの薬を置くと、店にしっかりと施錠して出て行った。

確かに今日の佑紀には必要なものだ。最近ではなくなっていたが、以前は何度か同じ薬をもらったことがある。睡眠導入剤より弱いものの、飲み慣れない佑紀には比較的効くのだ。

言われた通りに飲んでから、佑紀は報告書を手にバックヤードのソファに座った。

ずいぶんと躊躇ってから手紙を開け、二枚の手紙の文字を追った。飾り気のない便せんに、懐かしい文字が書き込まれている。

涼誠はずっと佑紀を探してくれていたらしい。探偵まで雇って行方を追い、母親の現状まで突き止めていた。

会いたいと、会って無事を確かめたいと綴られていた。母親の元に戻るのが嫌なのであれば、涼誠の元で暮らせばいいとまで言ってくれている。

じわりと文字が滲んだ。嬉しくて、でもそれ以上に申し訳なくて、どんな顔をして会えばいいのかわからなかった。

手紙を抱きしめて眠ってしまったと気がついたのは、艶子の声に起こされたときだった。

泣きながら寝ていたことを見られた気恥ずかしさで態度が少しぎこちなくなってしまったが、艶子は素知らぬ顔をしていた。

「シャワー浴びてからいらっしゃい。サンドイッチ買ってきたから」

「あ……うん」

言われた通りに佑紀はシャワーを浴びた。最初に冷たい水を被ったのはあえてのことだ。ぼやけた頭をしゃっきりとさせたかった。その後で全身綺麗に洗い上げた頃には、かなり思考がクリアになっていた。

鏡を見ると、まぶたが少し腫れている。だが問題はなかった。長い前髪でどうせよく見えないし、外へ行くときは帽子を被る。それに職場の同僚は佑紀の顔になど興味はないのだ。きっと覚えてもいないだろう。

すっきりとした頭で店へ出て行くと、艶子が簡単に掃除をすませたところだった。そういえば食器などの片付けもやらせてしまったのだと気づく。

「サボっちゃってごめんなさい」

「たまにはいいのよ。三年半、真面目にやってくれてたんだし」

昨日と同じ場所に座り、食べながら話をすることにした。

艶子は涼誠から聞いた話を補足として伝えた。報告書には載ってない部分のことだ。それをすべて聞き終わるのに結構な時間がかかった。

「そういうわけだから、もう隠れる必要はなくなったみたいよ」

「そっか……」

「落ち着いた？」

「うん、まぁ」

言われたことはきちんと頭に入ったものの、実感はまるでなかった。これからは堂々と生きていけるという事実よりも、涼誠が自分を探してくれていたという話のほうが衝撃的だった。

「会うでしょ？」

「それは……」

自然と視線が落ち、言葉に詰まった。この心情をどう伝えたらいいのかわからない。名刺を渡されてから、相反する気持ちのなかでずっと揺れていて、自分というものが定まらなかった。

ふうと溜め息が聞こえた。

「会いたくないの？」

「会いたい、けど……」

「けど、なに？」

「俺……人の身分証明書使ったり、したし……母親捨てたようなものだし……。俺みたいなのがＲＹＯＳＥＩさまと関わったらダメだと思う」

涼誠はキラキラとした世界で生きている人だから、自分のような暗がりで蠢いているような人間が近づいてはいけないと思うのだ。

「なんでその呼び方なのよ」

呆れたような、軽く咎めるような目が向けられる。

「いや、ファンの人がそう呼んでるから、いつの間にか……」

「まぁそれはいいけど、あんたの考え方はいただけないわね。ダメかどうかは、あんたが勝手に決めることじゃないはずよ。それにこんな生活してたって、あんたはどうしようもなく真っ当だし汚れてないわよ。あの男のほうがよっぽどヤバそうだったわ」

「それってRYOSEIさまのこと言ってる？　なんで？　優しいし親切だし、めっちゃ性格いいよ？」

「……そうなんでしょうね」

なにやら含みのある言い方をされたが、佑紀は納得できなかった。涼誠が「ヤバそう」などと言われてもピンと来ない。確かに爽やかと言われるタイプではなく、しばしば「危険な香りがする」だの「闇の気配を纏っている」だのと表されているが、佑紀にとって理想の兄だったことは事実なのだ。

「RYOSEIさま、お酒飲んでった？」

「ジントニックをね」

「そっか、ジントニックかぁ。俺も二十歳になったらそれ飲む！　同じの作ってね。あ、グラスはどれだった？　洗っちゃった……よね？」

「当然でしょ」

「だよね……。えっと、それでどうだった？　格好良かった？」

「そうね。いい男だったわよ。でもね、あんたが思うほどキラキラした世界にいるわけじゃないと思うわよ。あっちの世界も、いろいろとアレだし。ああ、もうそんなことはいいのよ。

どっちにしろ一度会ったほうがいいわ。さんざん心配かけたんだから」

「そう……だよね。謝んないと」

会って謝って、大丈夫だと安心してもらって、ファンをざわつかせる発信をやめてもらわなくては。そのたびに翻弄されている同士たちが気の毒でならないし、佑紀としても非常に落ち着かないからだ。

佑紀はぐっと拳を作り、決意する。

その様子を艶子はどこか呆れた様子で見つめていた。


決心はした。したけれども、まさか会うと決めた翌日にセッティングされるとは、さすがに思っていなかった。

「心の準備が……」

涼誠はとても忙しそうだから、どんなに早くても一週間くらいはかかるんじゃないかと思っていた。

「一日あったでしょ」

「あったけど、一日じゃ足りないよ」

「何日あったって一緒よ。あんたみたいな子には、余計な時間与えないほうがいいのよ」

艶子は先ほどから出迎えの準備をしていた。涼誠と会う場所は、艶子の提案でこの店になったのだ。

そして涼誠はなぜか弟の卓馬を同行させると言ってきたらしい。

卓馬もこの数年間、佑紀のことをとても心配して探すのに協力していたという。

「弟くんってどんな子なの？」

「いいやつ。なんていうか……ものすごく人がよくて、明るくて、物怖(ものお)じしなくて……空気読みまくるタイプ」

関宮卓馬は心身共に健やかで強い人間だと佑紀は思っている。とてもよく撓(しな)るタイプなのでそうそう折れることもなく、柔軟な思考を持つ。

「ずいぶんと褒めるわね。仲良かったの？」

「全然。俺が勝手に拗(す)ねて、嫉妬してた」

「大好きなお兄ちゃん取られちゃったー、って感じ？」

「うん。そもそも俺のお兄ちゃんじゃなかったのにね。向こうはれっきとした兄弟なんだし、卓馬からしたら理不尽だったと思うよ。小六だったのに、いろいろ察して仕方ないなぁ、みたいな対応してた。相手にされてなかっただけかもしれないけど」

とにかく佑紀など足元にも及ばない、良く出来た人間だ。離れているうちに、冷静にそう思えるようになった。

「それはちょっと楽しみね。いまだったら仲良くなれるんじゃない?」

「どうかなぁ」

「ちゃんとお友達作りなさいよ」

「……自信ない」

あまりにも長いあいだ友達付き合いというものをしてこなかったので、いまさらどうしていいのかわからなくなってしまった。

艶子は仕方なさそうに溜め息をつき、挽いたばかりのコーヒー豆をフィルターに入れた。先ほどから沸騰した湯がしゅんしゅんと音を立てている。

約束の時間通りに、ノックの音が聞こえた。本来店のドアはノックして開けるようなものではないが、今回は客ではないのでそうしたようだ。

あらかじめ勝手に入ってきていい、と伝えてあったため、すぐさまドアは開いた。

入ってきた涼誠を見て真っ先に思ったことは、本物だ、ということだった。

昔から大人っぽい人だったので、顔立ちや背格好はそう変わっていないはずだが、雰囲気は少し変わっていた。落ち着きと色気が増し、風格さえ感じられる。二十代なかばというには完成されすぎているように思えた。

眩しくて、とても直視出来なかった。

俯く佑紀をまっすぐに見つめながら涼誠は近づいてくる。彼の足が視界に入った直後、佑紀は長い腕にすっぽりと抱きしめられていた。

「良かった……」

耳元で響く吐息まじりの声に、へなへなと力が抜けそうになった。それさえも支え、涼誠はぎゅうぎゅうと佑紀を抱きしめる。

なにか言わなければと、かろうじて言葉を絞り出す。

「ご……ごめんなさい」

「謝らなくていい」

「でも何回も無視して、俺……」

「見てくれてたんだな。届いてたなら良かった」

何度もメッセージを無視していたのに、それを咎めるどころか見てくれていただけで良かったと言ってくれる。

なんて優しいんだろうと、涙が出そうになる。

どのくらいそうしていたのか、涼誠が腕を緩めたのは卓馬に無言で突かれた後だった。

「急に悪かった。顔をよく見せてくれ」

大きな手で顔を包むようにして挟まれ、間近から見つめられた。

無理だ、と思った。とても目を開けていられない。眩しすぎて目がつぶれてしまうんじゃないかと本気で思った。

しかも手が触れている。そういえば先ほど抱きしめられた。

（ＲＹＯＳＥＩさまに！）

気が遠くなりそうで、頭がくらくらとしてきた。

「兄貴、兄貴。川久保いろんな意味で死にそうになってんぞ。とりあえず座らせてもらっていいっすか」

「どうぞ、座って」

艶子が示したソファ席は、Ｌ字型に配置されていて五人ほどが座れる大きさだ。佑紀は涼誠に肩を抱かれたまま、隣りあって座ることになった。卓馬はＬ字の短いほうのソファに一人で、テーブルを挟んで艶子が移動出来るスツールに座る。

涼誠が感極まって抱擁しているあいだにコーヒーは抽出されていた。四人分のカップがテーブルに置かれ、いい香りが立っている。

「あなたとは初めましてね。私のことは艶子でもママでも、好きに呼んでちょうだい」

「関宮卓馬っす。今日はなんていうか、ブレーキ役として来ました。兄貴、暴走しかねないっつーか、すでにしてるっつーか……なんで。後はまぁ、説得係というか」

卓馬はずいぶんと変わっていた。最後に会ったのは五年ほど前だが、当時はいまほど背も高くなく、顔つきも幼さが強く残っていた。身長は涼誠より五センチほど低いだろうが、佑紀と比べたら十センチは高そうだった。

明るく朗らかな雰囲気はそのままに、爽やかな好青年になっていた。想像していた通りと言えばその通りだ。

「どこから話したものかしらね……」

「情報の摺りあわせって、完璧なんすか？」

「うーん……こっちもまだ話してないことがあるのよねぇ。どうする？　話しづらいんだったら私から話すけど」

「じ……自分で」

あらかじめ決めておいたことだった。ここで艶子に任せてしまうのはあまりにも情けないし、自分の口から涼誠たちに言うことで、彼らにまっすぐ向き合いたかった。いままで心配をかけたり大金を払って探させてしまったことや、連絡一つしなかったことが、そんなことで帳消しになるとは思っていなかったけれども。

「まず、なんで札幌からすぐまた引っ越したか……なんだけど……」

佑紀は何度もつっかえながら、母親が騙されたことや、その母親から言われて連絡をしなかったことを説明した。移り住んだ先で病院経営者の愛人になったことは報告書に載っているので省き、家出の原因について言及した。

「それで、大学生の息子に、セ……セクハラ、され……あっもちろん未遂、未遂だけど！」

言った途端、なんとなく空気が凍ったような気がした。卓馬の顔を見れば引きつった青い顔で涼誠を見ていたが、その視線を追うことは出来なかった。真横にあるだろう綺麗な顔を直視するなんて出来るわけがなかった。

「ユウ」

「は、はい？」

「未遂というのは」

「えっと、あの……」

まさかここで詳細を求められるとは思わず、口ごもってしまった。さらりと流して先へ進みたかったのに、聞いたことがないほど低い声がそれをさせてくれない。

ふう、と艶子の嘆息が聞こえたかと思ったら、彼女の声が続いた。

「さすがに言いにくいだろうし時間もかかりそうだから、私から言うわね。押し倒されたから逃げたんですって。母親に相談したらしいんだけど、おとなしく言うこと聞けみたいな対応をされたそうよ」

「はぁっ？」

非難がましい声を発し、卓馬は顔をしかめた。隣からの冷気はますます強くなっていて、佑紀はとても横を向けなかった。

無言の涼誠が怒ってくれていることは理解できた。

「実奈さんって確か、家出の心当たりないとか言ってなかったっけ？」

「その日のうちに家出したんだから、ないはずないわよね。でもまぁ、馬鹿正直に言えることでもないでしょうけど」

「うーん……あの人、そこまでヤバかったっけ？　いや確かに自分が一番大好きなタイプだとは思ってたけどさ」

「あら、弟くんもそう思ってたんだ？」

艶子はどこか面白いものを見るようにして言い、彼女の言葉によって卓馬はばつの悪そうな顔になった。

「あー、ごめん川久保。おまえの前で言うことじゃないよな」

「卓馬の言うことは間違ってないよ。いまどう思ってるか知らないけど、あの人が俺のことより自分の見栄とか幸せとか優先してたのは確かだし……多分俺が襲われたことも深刻に受け止めてなかったと思う」

だから佑紀も自分の身の安全を優先したのだ。あの当時の母親は、どう訴えても通じないと思わせる雰囲気があった。襲われたという話もどう受け止めたのかは不明だが、あのときの必死の訴えに取り合ってくれなかったのは確かだった。

自分の行動は正しかったのだと、少なくとも母親に対して後ろめたさを抱く必要はないと思う一方で、やはり彼女を捨てるようにして出てきたことへの罪悪感は消せなかった。

「戻る気あんの？　ないだろ？」

「いまさら戻っても、向こうだって困るだろうし。お互い元気だってわかってればいいんじゃないかな」

佑紀が無事だとわかれば安心して再婚出来るはずだ。佑紀もいまさら母親を必要とはしていない。

卓馬は答えを求めるような目をして涼誠を見た。軽率に同意していいものか迷っているようだった。

「ユウの好きにすればいい。了承は得ている」

ならば答えは決まっている。

「戻るつもりないです」

「そうか」

涼誠に頭を撫でられて、再び佑紀は固まった。相変わらず目が合わないように避けたままで、緊張のせいで態度もぎこちなかった。

そんな二人を横目に、艶子と卓馬はこそこそと話している。

「一体どういう母親なの？　あんまり話したがらないから、私もいままで突っ込んで聞かなかったんだけど」

「いやー俺は好かれてなかったからなぁ。つか、俺の母親のこと嫌いだったんだと思うんすよね。別にあからさまな態度取るとかじゃないんだけど、目がこう……ひやっとする感じで、怖いなーって」

「あら、どうして？」

女同士なのでそういうこともあるだろうが、息子が気づくほどの目を向けるというのはいかがなものか。

艶子の言いたいことを察して卓馬は苦笑した。

「実奈さん、親父のこと狙ってたぽいっす。これは兄貴にも確認済みなんで、間違いないいんじゃないかと」

「ああ、そういうことね」

「ところでお姉さん、コーヒー美味いっすね」

「あら嬉しい。二十歳になったら、ぜひお酒も飲みに来てね。サービスするわ」

初対面とは思えないほどに二人は打ち解けている。

こういうところが佑紀は昔から羨ましいと思っていた。相手の懐に入り込むのが上手く、愛嬌があって可愛がられる。涼誠ともあっという間に距離を縮め、本物の兄弟のように遠慮がなくなった。

とても佑紀には出来ない芸当だ。この分だと、佑紀以上に艶子と近くなるかもしれない。

「ユウ」

「え？　あ、はい」

自分に向けられた言葉だと気づくのが遅れた。視線はようやく涼誠の口元までは上げられたが、やはり目元までは到達出来なかった。

「俺が保護者代理になることで話はついてるから」

「で、でも……」

「実の親から任されてるって言うんだから納得しなさいよ。あ、すっかり忘れてるから代わりに言うけど、この子って倉本悠也として生活してる状態なのよね。私の死んだ弟の身分使わせてるの」

「……は？」

軽い口調で告げたことに、関宮兄弟は目を瞠った。特に卓馬は口をあんぐりと開け、艶子を凝視している。

言いにくいことの二つ目だ。それでも佑紀は艶子との出会いと、アルバイトのために身分証明書を使ってきたことを打ち明けた。幸いなことにこの数年、医者にかかるようなことにはならなかったので、保険証は使わずにすんだことも蛇足ながら告げた。

本物の倉本悠也に関しては佑紀が話すことではないと、艶子にその役は譲った。

「弟はわけあって身元不明者として葬られたのよ。確かに法律違反ではあるけど、別になにかを不当に受け取ったとかじゃないから」

「ちなみにユウはどこに住んでるんだ？」

「……ここです」

「え？」

「バックヤードに寝泊まりしてるのよ。そこ」

艶子が指さすと、微妙な空気が流れた。ドアもないパーティションの向こうなので、覗き込むまでもなくまともな部屋じゃないことはわかったのだろう。

「今日にでも連れて帰りたいんだが」

「ぜひそうしてあげて」

「ええっ？」

「良かったわね。今日からベッドか布団で寝られるわよ」

「え、ちょっ……ど、どこにっ？」

急な話の流れについて行けない。涼誠と艶子を交互に見て、ただおろおろするばかりだ。

ちなみに涼誠の顔は見られず、顔の下半分に視点を合わせているだけだった。

「俺の家だ。一人暮らしだから遠慮はいらないよ」

「っ……」

佑紀は息を呑んだ。いや、悲鳴に近いものを上げてしまった。

涼誠の家に行くなんて、そんなことがあっていいはずがない。とっさにそう思って仰け反るようにして後ろに身体を引いてしまった。

「ユウ？」

「そ、そんな恐れ多いです……っ」

必死で首を横に振っていると、焦ったような卓馬の声がした。

「待て待て。遠慮すんのはわかるとして、恐れ多いはおかしいだろ？　俺が言うのもなんだけど、兄貴とおまえの仲じゃん」

「な、仲って……いやいや、ＲＹＯＳＥＩさま捕まえてなに言ってんの卓馬」

「いやいやいや、おまえこそなに言ってんだ。とにかくこのままってわけにはいかないんだし、兄貴が保護者代理なのが嫌なら実奈さんに交渉しなくちゃだめだぞ？　けどほかにいるか？　お姉さんは実奈さんにとって全然知らない人なんだから無理だし、うちの親にするなら兄貴でも同じことだろ？」

「それは……そうなんだけど……」

卓馬の言うことはもっともで、佑紀は黙り込むしかなかった。頷けないのは感情的な部分なのだ。

そんな佑紀に、涼誠はそっと囁(ささや)いた。

「遠慮されるほうが悲しいよ」

「そうそう、川久保に拒否られたら兄貴ヘコむぜー。仕事に影響出ちゃうかもなー」

「えっ」

「あら、それは大変。大好きな彼のためにも行かなきゃ」

「俺を安心させてくれないか？」

三人がかりで逃げ道を断たれ、目の前にあるのはエスコート付きの一本道だ。差し出された手を取る以外はない状態だった。

だからせめて……と、事前に言っておくことにした。

「あの、なるべく迷惑にならないようにしますから。もう少しで成人だし、そうしたら自立も出来るし」

「その話も、ゆっくりしよう」

「続きはおうちでやってくれる？　そろそろ開店準備をしたいのよ」

すでに艶子はカップを片付け始めていた。手伝います、と言って卓馬もカウンターまでカップを運んでいた。

「そうですね。今日はありがとうございました」

「後はよろしく。明日はうちも休みだけど昼過ぎだったら起きてるから、連絡するならそのあたりでお願いね」

「わかりました。行こうか」

立ち上がった涼誠に手を差し出され、まじまじとその手を見つめてしまう。

長い指は節くれ立っていて男らしく、手フェチだというファンが熱く語りたがるのも納得の美しさだ。

「おーい、行くぞ川久保」

「あ、うん」

我に返って立ち上がるものの、涼誠の手を取ることはしなかった。いや、出来なかったと言うのが正しい。恐れ多くてとても手なんか差し出せなかった。

にもかかわらず涼誠は当たり前のように佑紀の手を取り、最後に艶子に向けて頭を下げて退店した。卓馬は艶子から、佑紀のリュックを受け取っている。

外へ出るとさすがに手は離されたが、佑紀はいつまでも自分の手を見つめていた。

(洗いたくない……)

どこか夢心地のまま、気がついたらタクシーに乗り込んでいた。後部シートで、佑紀が挟まれる形だ。

二十分ほど走り、タクシーは大通りから一本裏に入って停まった。一方通行で、交通量はほとんどなかった。

オフィス兼自宅であり、小さいながらもビルは会社の持ちものだと知って驚いた。二十代なかばで都心にビルを持っているなんてさすがはＲＹＯＳＥＩだと思った。

「俺も家入るの二回目なんだよね」

ぼうっとしていた佑紀はその声で現実に引き戻された。

「そうなんだ……もっと行ってそうなのに」

「いやいや、プライベート空間にはほとんど入ったことねーし。前のマンションも、引っ越しの手伝いで入っただけだしな。あ、でも下に防音室があるから、そこはたまに借りてる」

「防音室？」

「ホラーゲームやったりとか、後はダチ二人とeスポーツのチーム組んでっから、大会とか出るときにここ借りたりしてる。回線太いしパソコンのスペック高いからさー」

「そうだったんだ」

へえ、と素直に感心した。ＲＹＯＳＥＩが関わっているので、佑紀も少しはライブ配信やゲーム実況は見たことがあった。

彼の会社は配信用のアプリも出しているのだ。

連れられて四階までエレベーターで上がると、玄関扉と非常階段への扉があった。

（ここがＲＹＯＳＥＩさまの自宅！）

緊張しつつも胸をときめかせて家主の後へ続く。後ろからは「玄関から入るの初めて」などと言いながら卓馬がついてきた。

玄関は広く、クロークまでついていて外出用のコートがかけられるようになっているし、シューズクロークは天井いっぱいまである大容量だ。高身長の涼誠でも余裕で映り込める姿見もあった。

きょろきょろしながら進むとリビングだ。もともとオフィスビルだったそうなのでベランダなどはなく、窓も腰のあたりまで壁があるタイプだ。それでも採光面は広く、照明を付けなくても十分に明るい。

床は無垢材で、きっと素足でも気持ちがいいだろうと思った。全体的にナチュラルテイストで、家具も木材と同じく淡い色合いのもので統一されている。以前写真に写り込んでいた自室は、黒が多かったので意外だった。

「座っててくれ。なにか持ってくる」

「あ……おかまいなく」

一応言ってみたが、涼誠はキッチンへと消えていった。

勧められたのはリビングのソファ席で、Ｌ字型の大きなものだ。長い部分は長身の涼誠でも十分横になれるサイズだ。

残された佑紀は緊張を忘れるために卓馬と話を続けることにした。彼相手ならば気負うことなく話が出来た。

「さっきの話だけど、実況とかしてるの？」

「ライブはたまに。けどマイナーなプラットフォームでやってんの」

「なんで？」

「別に配信する必要はなかったんだけど、参加するイベントとかによっては配信必須みたいなのもあってさ」

「へぇ」

「始めたとき中三だったし、ガキってバレるといろいろ面倒そうじゃん。だからなるべく目立たないようにマイナーなとこにしたわけよ」

佑紀はあまり詳しくないので有名なプラットホームしか知らなかったが、卓馬に言わせるともっと軽くて負荷のかからないところはいくらでもあるそうだ。

「チーム組んでる友達って中学の？　俺も知ってるやつだったりする？」

「いや、転校前の小学校のダチなんだ。ずっとオンラインでやってて、いまは二人ともこっちの大学に来たんで、たまに集まってやってる。チャンネル教えるから今度見て」

「うん」

そこへ冷たい飲みものを持って涼誠が戻ってきた。グラスのなかはオレンジ色で炭酸の泡が弾(はじ)けている。昔よく飲んでいたジュースだ。ＲＹＯＳＥＩがこの手のものを飲んでいるイメージはないから、きっと今日のために買っておいてくれたのだろう。

嬉しい以上に申し訳ない気持ちになる。ここまで心を砕いてもらえるような人間ではないというのに。

ぺこぺこしながら、しっかり味わって飲まねば……という思いで口を付ける。

そんな佑紀を涼誠は複雑そうな表情で見ていたが、いまだに目を合わせない佑紀が気づくことはなかった。

卓馬ははらはらしながら二人を見比べていた。

やがて涼誠は気を取り直して言った。

「これからのことを話す前に……実奈さんはどうする？　話をするつもりはあるか？」

それはとても難しい質問だった。話したほうがいいのはわかっているが、心情的には気が進まない。胸のなかにはあの日の失望感がしつこくこびり付いていて、向き合いたくはないと思ってしまう。

「あの……とりあえず、元気だってことだけ伝えてもらえませんか？」

「わかった。後で知らせておくよ。それと行方不明者届を取り下げるように頼んだから、ちゃんとしてくれたか確認しないとな。住民票はこっちに移すことで話はついてるから」

「はい」

「なにか希望があれば言ってくれ。受験するなら、必要なものも揃えないとな」

「つーか勉強ってどうしてたん？」

「たまに艶子姉さんに教わったりしてたけど、基本独学。どっかから教科書とか参考書とか、もらってきてくれて」

広い人脈を持つ艶子にとってそれは容易なことだったようだ。手厚い保護はしないと言いつつ、いろいろと面倒を見てくれた。

「いい人だよなぁ」

「うん。頭もいいんだよ」

艶子のことを褒められると自分のことのように嬉しくなる。

「良かったら俺の使ったやつ見てみる？　そんでいらないってなったら捨てればいいし。川久保って文系？　理系？」

「理系希望。卓馬は何学部？」

「情報科学部」

「今度話聞かせて」

「おう」

学部こそ違うものの、おそらく卓馬も涼誠と同じような仕事がしたいのだとわかった。それは佑紀の進路でもある。

「ところで兄貴ー、腹減りましたぁ」

「そうだな。なにか頼もうか」

外はとっくに薄暗く、夕食の時間には早いが注文したものを待つ間にはちょうどいい時間になっているだろう。

「なに食いたい？」

「なんでもいいよ」

「いやいやそれ一番困るやつ。ちなみに俺は中華食いたい」

「あ、じゃあ俺もそれで。辛いの以外なら、大抵大丈夫」

状況の変化にいまだ理解と感情がついて行かないので、空腹感はあまり感じていない。だから卓馬に追従することにした。

それでも卓馬は満足そうだった。

「そうそう、そういう感じで言って」

「ユウはエビが好きだったな」

「んじゃエビマヨとかどうよ。あとエビチャーハン。俺は鶏カシューナッツ炒(いた)めと小籠包(ショーロンポー)とあんかけ焼きそば。兄貴は？」

「もう何品か適当に頼んでくれればいい。ちょっと仕事の連絡が入ったから外す」

「ほーい」

卓馬はタブレットで注文を始めた。さほど時間はかけずに終えると、四十分くらいで来ると告げた。

手にしたタブレットを置くと、卓馬は佑紀に向き直った。

「んで、落ち着いた？」

「少し」

「そんじゃさ、ちょっとお願いっつーか、提案っつーか……あるんだけど」

「うん？」

卓馬は両膝をきっちりと揃え、手を乗せる。そうしてやけに神妙な態度で「提案」とやらを口にした。

「兄貴への敬語はやめたげて。昔みたいにしよ？　涼誠お兄ちゃんって感じの距離感が望ましいと俺は思うわけです」

「そんなこと言われても……昔とは立場とか違うし」

「いやいや、違わないから。確かに兄貴の肩書きとかは変わったかもだけど、兄貴自身はほんとになんにも変わってないからね？」

早くも姿勢は崩れたが必死さはむしろ増している。

「そうかな……だって、フォロワーだっていっぱいいるし、こんなビル買えちゃうくらいだし、よく知らないけど配信とかゲームのシステムのいろいろですごいみたいだし」

「まぁそれはね。けどそういうのは手段の一つでしかないから！　ほら、高校のときから兄貴ってバイトとかしてたじゃん。あれの延長だよ」

「延長って」

「いや、マジで。あの人当時から着々と準備進めてたからさ。あ、モデルしてるのは川久保のこと探すというか、あえて目立って連絡取りやすいようにしてた部分もあったみたい……

って、聞いてるこれ？　でも全然来ないから辞めようとしたのに、強烈なラブコールで続けてる感じ。まぁ会社のメリットにもなるからＯＫしたんだけどね」

「え……モデルやった理由って……ほんとに？」

「うん。あ、ところで川久保って兄貴のＳＮＳフォローしてる？　いくつかあるけど」

急な話題転換に戸惑いつつ、佑紀は大きく頷いた。

「してるよ」

「マジか！　あー悔しい。細かくチェックしてたつもりなんだけど、スルーしたかー」

地団駄を踏む勢いで悔しがるのを見て佑紀は少し引いた。なんでも涼誠の指示で、彼のフォロワー一人一人に目を通す日々だったという。

「呟いたことないし、あれだけいるんだから無理だよ。プロフィールも適当に書いたし」

「くっそ、やられた。まぁいいバイトになったからいいんだけどさ」

「え、ＲＹＯＳＥＩさまがバイト代出してたの？」

なんということだと眉尻が下がる。嬉しいけれども申し訳ないという気持ちに、どんな顔をしたらいいのかわからなかった。

「だからありとあらゆる手を尽くしてたんだって。いかに兄貴がマジだったか、よーくわかったろ？　だから目の届くとこにいてくれ。頼むから！　俺の平穏な日々のためにも！」

「なにそれ、意味わからない」

「なんで俺にだけ相変わらず塩対応なのよ。まぁいいけどねー、ある意味気安いってことだもんな」

「びっくりするぐらいポジティブだよね。なんか……相変わらずで安心した」

「デレた！」

わーい、と言いながら喜ぶ卓馬を眺めているうちに涼誠が戻ってきて、弟に胡乱な目を向けた。そこで怯むことなく先ほどの佑紀の言葉を伝えるところが、この兄弟のいい関係性を物語っているようで、佑紀としては複雑な心境だった。

羨ましい。けれど、安堵した。

それから数十分たち、ほぼ時間通りに届いた料理を広いリビングのテーブルに並べ、三人で食事をした。

佑紀にとっては久しぶりの豪勢な食事だった。金額の問題だけではなく、こんなにたくさんの種類が一度に目の前に置かれている状態がひどく久しぶりだったのだ。

食事の後、さほど時間を置くことなく卓馬は帰ると言い出した。

涼誠と二人きりになることに動揺し、思わず引き留めようとしたが、それより早く卓馬は不自然なほどの声を張った。

「九時からゲームの約束してっから、帰って準備しないと！」

「あ、そっか」

「じゃあまた！　あ、とりあえずなんかあったときのために」

そう言って慌ただしく連絡先の交換をして卓馬は去って行った。

途端に室内はしんと静まりかえった。卓馬がずっとしゃべっていたわけではないのだが、やはり彼の存在は大きく、いい具合に場を和ませていたのだと実感した。

「ユウ」

「は、はいっ」

「とりあえず、ユウと会ったことは実奈さんに報告しようと思う。それと、俺の家に連れてきたってことも知らせておくよ」

「……はい」

佑紀の返事を確かめてから涼誠はメッセージを打った。電話でなくても今日のところはそれでいいと判断したようだった。

そして涼誠が手にしたスマートフォンをテーブルに置いた直後のことだ。電話が控えめな音で鳴り始めた。

「実奈さんだ。話したいと言われたらどうする？」

「え……あの……」

急に言われても困る、というのが正直なところだった。けれどもこの場にいると知っているのに対話を拒否するのはさすがに躊躇われた。

話すくらいは、大丈夫だろうか。顔が見えなければ、落ち着いて話せそうな気もする。母親のことはまだ心の整理ができていないが、話せば少しは前に進めるのかもしれない。

「……少し、なら」

「わかった」

涼誠は電話に出て、事情を掻い摘んで話し始めた。

健康状態に問題はなく、犯罪に巻き込まれているわけでもないし、悪い人間と関わりを持っているわけでもない。艶子のことは話さず、助けてくれる人はいたようだが、基本的には自力で生きていた……ということにするようだった。

佑紀もすべてを正しく伝えるつもりはなかった。艶子のことを伝え、色眼鏡で見られるのは嫌だったからだ。

「……少し待ってください」

口元から電話を離し、涼誠は佑紀を見つめてきた。実奈が話をしたいと言っているようだ。

ふっと息をついてから、手を差し出した。

「もしもし……佑紀、だけど」

『佑紀ちゃん！　本当に佑紀ちゃんなのね？』

「うん。あの……お母さんがいまどうしているかは聞いたよ。俺は元気だし、大丈夫だから。こっちでやりたいことあるし」

だから戻るつもりはないのだと言外に告げる。向こうだって戻って欲しくないだろうから、先に宣言しておくのは必要なことだろう。

母親の口から、そのまま東京で暮らして欲しいと言われたくなかった。そういう気配も感じたくなかった。

どこかでまだ期待している自分がいたらしい。

『ごめんね……ひどい母親よね。でも心配したのよ。本当に、心配して……』

「うん。俺も、ごめん。黙っていなくなって、ずっと連絡しないで……ごめん」

言った途端にすうっと気持ちが軽くなるのがわかった。そうして、これは一種の儀式なんだなと思った。

自分たち親子が、互いの存在に折り合いを付けるために必要だったのだ。

『会えない？　やっぱり嫌？』

そういう言い方はずるいと苦笑が漏れる。だから肯定も否定もせずに、努めて明るい声を出した。

「俺のことはもう気にしないでいいから、早く再婚しちゃいなよ」

『佑紀ちゃん……』

「落ち着いたらまた連絡するから。元気でね。ＲＹＯ……あの……代わるね」

投げ出すようにして電話を返し、佑紀は真横にあったクッションを抱きかかえた。両手が塞がっているのでもう電話は手にしないというアピールだ。そんなことをしなくても涼誠は気持ちを汲み取ってくれるはずだが。

電話を代わった涼誠は、それからいくつかの確認をして通話を切った。

「行方不明者届は明日取り下げて、住民票の住所変更の手続きもしてくれるそうだ。そうしたら高認の準備を始めような」

「はい」

実際に受けられるのは来年の夏になるし、順調に行っても大学に入れるのは卓馬より二年遅れとなってしまうが、それは最初から承知していることだ。

「学業も生活費も心配しなくていい。実奈さんがユウのために用意していた分があるそうだ」

「……そう、ですか……」

「素直に受け取れないか？」

「いいのかな、って気持ちがあるのは確かです」

気分としてはとっくに独り立ちしたようなものなのだ。援助を受けるのはいまさらという気がしてならない。

そう、すでに佑紀のなかでは「援助」であって「養育」ではなくなっていた。

「俺だって高校までは出してもらったよ。ユウはその分をこれからの費用に充てればいい。足りない分は俺が貸すよ」

「え、いや奨学金で……！」

「俺なら無利子だぞ。返済不要の奨学金は、多分条件的に無理だろうし、俺から借りるのがベストだ。本当は出してやりたいんだけど、ユウはそれじゃ嫌だろう？」

「嫌っていうか、無理です。絶対ダメですから！」

佑紀は大慌てでかぶりを振った。同時に両手も身体の前で勢いよく振る。遠慮でもなんでもなく、受けてはならない話だった。いや、そういった発言をさせてしまったことさえも申し訳ないと思った。

涼誠にとっては懐が痛むような金額ではないのだろうが、問題は額面ではない。自分たちの関係でそれはきわめて不自然なことなのだ。

涼誠はいかにも無念そうに苦笑して見せた。

「そう言うと思ったよ。だから、これは投資だと思ってくれ。将来、俺の仕事を手伝ってくれたら嬉しいな」

「は……はい……！　あ、でも使えるかどうかは、そのときになってから判断してください。頑張りますけど、役に立つかどうかはわかんないので」

「じゃあ、まずは受験に向けて勉強に専念しないとな。深夜のバイトは辞める方向で調整しないと。生活費は実奈さんからもらえるしね」

「あ……はい」

深夜の仕事については特段思い入れもないので素直に頷く。だが涼誠の次の言葉に、少し身がまえることになった。

「それと、もう少し詳しく説明してもらえるかな。特に三年半前の……艶子さんと出会ってあそこに住むようになった経緯なんかをね」

「そ、そうですね」

「あと、これも重要なことなんだけど、敬語はやめて欲しいな。昔みたいに話してくれないか。なんだか落ち着かないんだ」

先ほども卓馬に言われたことだった。結局返事はしないまま別の話になっていて、たったいままで忘れていた。

「え、でも」

「なんだか距離が出来たみたいで寂しいんだ。ダメか？」

それは懇願に近かった。眉が下がり、声のトーンも聞いたことがないほど弱々しい。そんな顔をさせてしまったことに、ずきずきと胸が痛んだ。

拒否なんて出来るはずがなかった。

「あの……も、戻すようにしま……する、から。でもつい敬語になっちゃうこともあるかもしれないけど……」

「ありがとう」

ふわりと笑う涼誠を直視出来ず、逃げるようにして視線を逃す。そのときになってようやく、無意識に顔を見ていたことを自覚した。

意識するとまったく目を見ることが出来ないようだ。昔と同じ態度に戻すのは相当難しいかもしれない。

■■■

朝食の用意をあらかたすませ、涼誠(りょうせい)は寝室がある五階フロアへ足を向けた。

フローリングは東北地方の楓(かえで)の無垢材を使い、素足が最高に気持ちいい仕上がりにした。随所に床暖房も入れたので寒い時期でも問題ないだろう。

採光のために一部の床を抜き、自然光が入るようにしてもらったため、天気さえよければ照明が必要ないほど階段も——もちろんリビングやキッチンも——明るいし、リビングは吹き抜けのようになった。空調の効きを犠牲にしても涼誠がしたかったことだった。

緩やかな階段を上がると最上階には部屋が二つある。バスルームもこのフロアだ。ここにも十分な光が入っていた。

東側のドアを軽くノックし、少し待ってからドアを開けた。

遮光カーテンのおかげで室内は暗い。カーテンを半分ほど静かに開けると、直接顔に日は当たらずとも佑紀は眩しそうにして小さく身じろいだ。

カーテンはミントグリーンを基調としたストライプで、ベッドまわりはそれよりやや深い色で揃えた。この家は隅々まで佑紀のためにしつらえてある。

少し前まで住んでいたマンションにも佑紀の部屋は用意してあったが、ここほどは作り込まなかった。住居全体もいわゆるブルックリンスタイルで、佑紀にはあまり馴染みそうにないテイストだった。当時はそこまで気がまわらず、人に任せてしまった結果だ。

準備を調えておいて良かったと、つくづく思った。

「ユウ。そろそろ起きて朝メシにしよう」

ベッドに腰掛け、頰にかかった長い髪をそっと払う。髪もあまりきちんと手入れしていないようだ。

だがあどけない寝顔は昔とあまり変わっていなかった。起きているときはずいぶんと大人びたものだと思ったが、それは表情のせいだったのかもしれない。

印象がずいぶんと違って見えた。まず顔色が悪いし、視線は下を向きがちだ。後ろめたさや自己否定のようなものがあるらしく、顔つきや纏う雰囲気にも影を落としている。

少しずつ、自信を取り戻して行けるようにしなくては。昔のように屈託のない笑顔が見られるように。

「ん……」

少しかさついている頬を撫でていると、佑紀は猫のように自らすり寄ってきた。

「可愛い」

本音がぼそりと口を衝いて出る。するとここへ来てようやく声に反応したらしく、ぱちっと音がしそうなほどの勢いで大きな目が現れた。

状況がつかめないようで、混乱しながらまじまじと涼誠を見つめている。

「おはよう。よく眠れたか？」

「……っ」

がばっと起き上がり、佑紀はベッドの上で正座した。同時に逃げるようにして視線がそらされていった。

再会してからずっとこうだ。なにかの拍子で視線が合っても、佑紀はすぐに我に返って逃げてしまう。

落胆を表に出すことなく涼誠は穏やかに説明していく。

「着替えはクローゼットにあるのを好きに着ていいよ。〈サイフィール〉のカジュアル系から、サンプルとかシーズン落ちのやつをもらったんだ」

備え付けのクローゼットはウォークインスタイルで二畳分ほど取った。そこにはすでに佑

紀用の服が数着用意してある。サイズは標準的なもので、無難なデザインだ。実際に会ってからきちんと買うつもりだったので、とりあえずの分だった。

「えっ、あ……はい、あのっ……お、おはよう……ございます」

「ございます、はなくてもいいんだけどな」

「う……はい。じゃなくて、うん……って、あれパジャマ？」

佑紀は自分の身体を見て、少しのあいだ考え込んだ。頭の上に疑問符が浮かんでいるのが見えるようで、思わず涼誠は笑みをこぼしてしまう。

佑紀の記憶には、この部屋に来たことも着替えたこともないのだから当然だ。

「リビングで寝落ちしたんで、起こして着替えさせてここまで連れてきたんだ。自分で歩いてたし、ちゃんと歯も磨いてたぞ」

「え……」

覚えてない、と小声で呟き、佑紀は困惑した様子で目を泳がせた。着替えや歯磨きを自分でしたのは本当だが、涼誠の手助けがあったのも事実だ。混乱に追い討ちをかけるのは本意じゃないので、後半は黙っていることにした。

「寝心地は悪くなかったか？」

「わ、悪くないどころかものすごく良かったです！　その……ちゃんとベッドで寝たの、三年半ぶりだったし……」

言いにくそうに声は小さくなっていった。

バーのバックヤードではソファで眠っていたことを昨夜聞いたばかりだった。涼誠が詳しく聞き出したことの一つだった。

生活環境としてはけっして良くはなかった。赤の他人の艶子(つやこ)にそこまで求めるのは贅沢(ぜいたく)というものだから仕方ないが、涼誠が引き取った以上は高水準なものを与えるつもりでいる。

「ここはユウの部屋だから、気がついたことはなんでも言ってくれ。マットの固さとかシーツの感触とか、照明は別のがいいとか……ああ、机も買おうな。それとも勉強は下の書斎を使うか？」

「え？　お、俺の……？　ここって客間とかじゃなくて？」

「一応準備してたんだ。卓馬(たくま)から聞かなかったのか」

「そういう話は出来なかった……から」

「そうか。着替えたら、下りておいで。洗面所はドアを出て左だ。なんでも使っていい。先に風呂(ふろ)に入りたいなら、それでもいいよ」

「あ……えっと、先に食べま……食べる」

慌てて言い直す佑紀に、ふと涼誠は目元を和(やわ)らげた。なんとか以前のように接しようという気持ちが嬉(うれ)しかった。

「紅茶でいいか？　それともコーヒー？　昨日は飲んでたよな」

「飲めないこともないけど、そんなに得意じゃなくて……あ、でも牛乳あるなら多めに入れれば大丈夫」

「わかった」

涼誠はにっこりと笑い、小さな頭を撫でてから部屋を出た。階下のキッチンで用意していると、間もなく佑紀が着替えて下りてきた。

「ちょうど焼き上がった」

クロックムッシュとサラダを皿に盛り、ダイニングテーブル兼キッチンカウンターに置く。普段は二人での食事を想定しているので、あえてテーブルは用意しなかった。誰かが加わるとしても卓馬だろうから、そのときはリビングのテーブルを使えばいいと思っている。

淹れたコーヒーは涼誠がブラックで、佑紀は三分の一ほどを牛乳にした。

「このマグカップ……！」

「ああ、前に載せたやつだな。ユウが好きな色だろ？」

好きだというグリーンのなかでも、このミントグリーンは格別なはずだ。見かけた瞬間に手にしたたし、当然のごとく色違いも購入した。

「ユウ専用だ」

佑紀はかなり戸惑っているようだった。喜びと困惑がないまぜになり、そこに後ろめたさのようなものを滲ませる。

昨日から何度も見せる反応だった。

理由はわかっているつもりだ。

「冷めないうちに食おう」

「あ、クロックムッシュ」

「好きだったろ」

「すごい……五年ぶりだ」

椅子(いす)を引いてやると、かなりぎこちない動作で佑紀はスツールに座った。座面はそれほど高くないし、小さいながらも背もたれがあるものを選んだので座り心地は悪くないはずだ。

「いただきます」

並んで食べながら、涼誠はさりげなく佑紀を眺めた。

こんな優雅な朝ごはんは久しぶりだと言って、やや緊張気味のようだ。聞けば朝——時間的には昼前くらい——は食べないことも多く、食べたとしても菓子パンや店で出した残りものだったという。

「美味(おい)しい……」

嚙(か)みしめるように少しずつ、ゆっくりと食べる彼は、とても幸せそうに頰を緩めている。ときどき思い出したようにカフェオレ——涼誠からするとコーヒー風味の牛乳に口を付けては、少しだけ苦そうな様子を見せていた。

（可愛い）

相変わらず食事をする様子は小動物のようだ。いや食事中に限らず、佑紀は昔からそんな印象だ。

ようやく見つけて捕まえたのだ。二度と手放すつもりはなかった。

「今度はもう少し牛乳多めだな」

「慣れる、と思う……んだけど」

「無理して慣れなくていいよ。明日は紅茶にしようか」

「一緒でいいです。あ、でも牛乳入れた時点で一緒じゃないか……あの、美味しくないとかじゃないからね」

昨日に比べたら少しは態度も砕けたものになっただろうか。少なくとも涼誠を見てカチコチになっていたときとは比べものにならないが、まだ以前のようにとはいかないようだ。

向かい合わずにいるとポジションが落ち着くせいかもしれない。そう思うとせつなくなり、同時に意欲が湧いてきた。

五年という時間が、涼誠と佑紀とのあいだに距離あるいは壁を作ってしまった。再会してからまだ一度も「涼誠お兄ちゃん」とは呼ばれていないし、敬語も混じる。理由はわかっているつもりだ。涼誠がモデルの仕事などしたものだから、佑紀は涼誠を別の舞台にいる者と位置づけてしまったのだ。

（まぁポジティブに考えれば、兄代わりよりも推しのほうが恋愛に発展しやすい……ような気がしないでもない。多分）

本音を言えば、「涼誠お兄ちゃん」ではなく「涼誠さん」と呼ばれたい。「ＲＹＯＳＥＩさま」は論外だ。これはいただけない。

佑紀が自然に「ＲＹＯＳＥＩさま」と言ったときはショックだった。卓馬が青い顔をしてチラチラとこちらを見ていたくらいだ。

「ごちそうさまでした。美味しかった」

あらかた食べ終えた頃を見計らい、必要な話しあいをすることにした。

「その前に、一つ確かめたいことがあるんですけど……俺の居場所わかったのって火事のニュースだって聞いたけど、それってどういう……？　顔は映ってなかったはずですよね？」

「あのリュックが映り込んでたんだ」

「あ……そっか。それで……」

「まだ使っててくれて良かった。純粋に嬉しいしね」

感情をそのまま顔に出すと、佑紀は顔を赤くしながら両手をわたわたと動かした。

「あの、丈夫だしすごく気に入ってるしっ……それに、その……ＲＹＯ……涼誠さんに……もらったやつだし」

俯（うつむ）き加減にぼそりとはき出された言葉に、涼誠は密かに身悶（みもだ）える。だが顔にも態度にも出すことはしなかった。

そんな引かれるようなことは絶対にしないと決めている。

「俺こそ嬉しいよ」

むしろ喜びがついあふれた……くらいの笑みで止めておいた。つまり微笑みだ。

佑紀は口元を押さえて真横を向いた。涼誠の眼前に晒されたつむじまでが可愛くて、このまま抱きしめたいという衝動を苦労して押し殺した。

先に我に返ったのは涼誠で、小さく咳払いをすると本題へと戻った。

「とりあえず、店が始まる前に私物を取りに行こうか」

「え、いやでも……」

まだ同居に納得していないようだ。仕方なく受け入れたが、可能ならばなんとか避けたいというところだろう。

「住民票はここに移すってことで決定だ。保護者の実奈さんがそう決めた以上は、少なくとも来年三月まではそうする必要がある。ここまではいいか？」

「それは納得してます。でも実際に住まなくてもいいんじゃ……？」

「ユウに会えるのを楽しみにしてたんだ。そのために内装も家具も揃えたのに、住んでくれないのか？」

卑怯な言い方をしているのは自覚している。恩着せがましいし、情に訴える形の脅しのようなものだ。すべて承知の上で涼誠はごり押しした。

へにょりと眉を下げたまま、佑紀はやがて小さく頷いた。同居への抵抗が過剰な遠慮によるもの、あるいは自分をファンだと位置づけているためだというのはわかっていた。そうでなければ、さすがにここまで強引にことを進めたりはしない。

それからアルバイトを辞めることをあらためて確認し、当面は勉強に専念することも納得させた。

「勉強は俺か卓馬が見ようと思ってるんだけど、いいか？」

「えっ」

「ああ見えて卓馬は成績優秀だぞ。嫌なら家庭教師を雇ってもいいし、俺が専任って形でもいいよ」

「いやあの、独学でなんとか……ならないか……」

「なかなか難しいと思うよ。卓馬じゃ嫌か？」

昨日の様子を見る限り、卓馬への悪感情はなかったように思えた。かつての佑紀は、自分たちのあいだに急に卓馬が割って入ったように感じて拗ねていたのだろうが、それが理不尽な感情であり態度であることもわかっていたのだろう。

「嫌じゃ、ないけど……卓馬のほうが、俺なんかの勉強みるの嫌なんじゃ……？」

「問題ないよ。昔のことも気にしてないしな」

昨日話したときにそこは感じていたらしく、佑紀はまったく否定しなかった。

「今度、昔のこと謝っとく。後、一応自分からお願いしてみる」

「それがいい。それと予定通り、昼頃荷物を取りに行こう。それまで自分の部屋にいてもいいし、家のなかを好きに見てまわってもいいよ」

「はい」

少しのあいだ、佑紀を一人にすることにした。いきなり涼誠とばかりいても息が詰まるかもしれないし、気持ちが落ち着かないだろうと思ったからだ。

片付けをすると言って聞かない佑紀に食洗機の使い方を説明し、ついでにＷｉ－Ｆｉのアクセスキーも渡してから涼誠は気配が感じられるリビングへと移動した。

しばらくすると、佑紀は涼誠に一言かけて自室に引っ込んでいった。まず探検した卓馬とは対照的だ。

部屋で一人、ＲＹＯＳＥＩの情報に目を通すのだろうか。やろうと思えば佑紀の通信を覗(のぞ)き見ることは出来るが、もちろんしない。

目の前にいる本物よりもインターネット上の作り物を望まれているようで、少しばかり気は滅入っていた。

「無事に保護できたんだから上出来だ」

とにかく佑紀は無事だった。事件に巻き込まれてもいなかったし、悪い道に入ったわけでもなかった。まして見知らぬ誰かに手を付けられたわけでもなかったのだ。艶子には心の底から感謝している。

（それに感触は悪くない）

脈は大いにあると涼誠は踏んでいる。むしろ「幼なじみのお兄ちゃん」からすでに脱却していることはプラス要素とも言える。

佑紀の事情はほぼ聞き出した。そして彼の思考は非常に読みやすい。というよりも顔に出るのでわかりやすい。その上で脈はあると確信したわけだ。憧れやファン心理があるというならば、それを誘導して書き換えてやればいい。

どろどろに甘やかして、愛情をたっぷりと実感させて、涼誠に溺れさせてしまえばいいのだ。

涼誠は今日の予定を頭のなかで組み立て、立ち寄り予定先に連絡を入れた。

少し仕事をしてから昼頃に声をかけ、ドアの指紋認証の登録をすませてから連れだって一階へ下りる。

「二階から下って会社なんだよね？」

「ああ、表通りから入ると会社だな。ガレージとはどっちも繋（つな）がってるけど、あっちはエレベーターなしなんだ」

「商談とかで人来ないの？」

「一階に応接スペースかあるから問題ないよ」

「なるほど。あ、車二台もある。車持ってるのは知ってたけど、車種とか色とかは載せてなかったですよね？」

「まぁね」

涼誠が所持しているのは一台が国産のコンバーチブル——すでに生産が終了しているスポーツタイプのオープンカー——で、もう一台がドイツのＳＵＶだ。前者は完全に趣味の車だった。

今日はＳＵＶを選んで佑紀を促した。彼はやや固くなりながら助手席に乗り込んだ。

「帰ってきたら、オフィスのほうも見るといい。卓馬が置いていったゲームソフトがあるぞ。ホラーだけどな」

「え……あ、怖いのはちょっと無理かも……です。やったことないけど」

「怖くないソフトもあるから、勉強の合間にでもやってごらん。有名タイトルもいくつか……未開封もあるけど気にしないでやっていいから」

「ゲームとか、やるんだ？」

「参考資料として多少はね」

涼誠の仕事のなかには、ゲームに関わってくるものもある。動画投稿あるいは配信者が使用するためのシステムを提供したり、配信者をプロデュースしたりしているからだ。モデルの仕事で関わった事務所に配信者の部門を作らせ、現在数十名を所属させているし、近いうちに卓馬たちのチームも所属する予定でいる。

「え、卓馬って顔出しするんですか？」

「いや、それは本人たちが嫌がってるから、とりあえずは立ち絵を作って口パクソフトで動かすことにして、うちで開発中のＶＲソフトのテスターになってもらおうかと」

「へぇ、卓馬がＶかぁ……始まったら見てみよう。知ってる人がイラストの顔でしゃべってるって、なんかおもしろそう」

佑紀は小さく笑いながら、心なしか声を弾ませている。やはり卓馬の話題はリラックス効果があるようだ。卓馬ならば気負わずにいられるようで、それに安堵（あんど）すると同時に少なからず妬けてしまう。

細い道から大通りへ出ると、佑紀は興味深げに町並みを見ていた。このあたりは来たことがないのだという。

やがて馴染みのある界隈に来ても、彼は外を見ることをやめなかった。

「こうやって見ると、違うところみたい……」

そもそも顔を上げて歩くことも少なかったらしい。何気なく呟かれた一言に、涼誠は胸が締め付けられるような思いがした。

やはり今日の予定は必要なことだと確信する。佑紀が顔を上げて背筋を伸ばし、笑顔でいられるようにするのは涼誠の努めだ。

バーの近くのパーキングに車を停め、佑紀に連れられてバーの裏手からなかへ入った。

店のバックヤードはやはり居住空間としては良いものと言えず、こんなところで三年半も、と思うと眉間に皺が寄りそうになる。

「えっと……私物って言っても、そんなにないかも」

服は数着を着まわしていただけで、靴は履いているもの以外に見当たらない。後は勉強道具が少しと、クリアファイルと雑誌類だろうか。雑誌は丁寧に透明な袋に入っているのだが、表紙に自分の顔があるのを見て涼誠は脱力しかけた。

大事にしているのは嬉しいが、非常に複雑な気分だった。どうやら表紙を飾ったものはそのまま保存し、そうでないものは切り取ってクリアファイルに入れているようだ。

あえて触れないことにし、涼誠は黙って大きめのレジャーバッグを開いた。丈夫で大容量のものだ。

佑紀の私物はほとんどこれ一つに収まってしまった。むしろかなりの余裕があった。

さて車に戻ろうかというところで、裏手のドアが開く音がした。

「あら、来てたの」

艶子は詰め込まれた荷物を見て、少し寂しそうに微笑んだ。

「あの、ＲＹＯＳＥＩさ……んのところでしばらくお世話になることになって。それで……」

佑紀は一時的なものと考えているようで、涼誠は密かに溜め息をつく。表情を変えたつもりはなかったが、艶子は一瞬だけ問うような目を向けてきた。

なにをやってるんだ、と咎められた気がした。

「あら、それは良かったわ」

「え？」

「いい機会だから、ここ改装しようと思って。少しお金の余裕も出来たし、いつまでも前の店の名残があるのもね」

艶子は付け足すように、以前の店がなにをやっていたのかを説明した。なるほどそれは確かにイメージが良くないし、そんなところに佑紀はいたのかとまた溜め息をつきたくなった。

佑紀は気の抜けたような相づちを打っていたが、艶子が急に表情を引き締めたことで戸惑う様子を見せた。

「あんたのこと、まわりには弟だって言ってたでしょ。突っ込んで聞いてくるようなのはいないと思うし、倉本悠也の死亡届は出さないでおくけど、念のためにこのあたりには近づいちゃダメよ」

「でも……」

「川久保佑紀に戻ったんだから、こういうとことは無縁になったほうがいいの。わかってるでしょ？」

柔らかな声で諭され、佑紀の顔は泣き出しそうに歪む。三年半ものあいだ一番近くにいた彼女から、決別を示唆するようなことを言われれば当然だった。

ここは佑紀のメンタルケアが優先だ。

「艶子さん。あなたから会いに来てもらうことは可能ですか？」

「え？　ええ……それは、そちらがよければだけど」

「もちろん、歓迎しますよ。好きなときに来ていただいて結構です。俺がいてもいなくても、かまいません。待ち合わせて外で会ってもいいわけだし」

「そうね……そうよね」

硬い表情を取り払った艶子に、佑紀は嬉しそうな顔をした。

艶子への依存を目の当たりにして、内心はおもしろくなかった。だが仕方ないことだともわかっていた。

それに自分とは別に兄ポジションの相手が出来たことは、悪くないのかもしれない。いや、この場合は姉か。

「私はあんたの姉さんなんだから、遠慮しないで呼び出しなさいよ。私も連絡するけど、相談でもなんでも」

「うん。ありがと艶子姉さん」

佑紀は感極まったといったように艶子に抱きついた。

あくまで無表情に近い顔をしつつ、涼誠は嬉しそうな艶子を見据えた。おい待てそこ代われ、と思ったのは言うまでもない。

目の前の二人は姉弟だ。そう言い聞かせながら、必死で大人の対応を心がける。

やがて二人は離れたが、艶子は気の毒そうに涼誠を見た。いっそせせら笑ってくれたほうが、気が楽だったかもしれない。

別れを惜しむ佑紀を促し、荷物を持って店を後にする。

その足で向かったのは予約したヘアサロンだ。涼誠の担当者にいつもの個室に案内され、本人の意向を汲みつつ方向性を決めていく。少し癖がある髪質ということで、ふわっとしたミディアムとなった。本人が髪は染めたくないというので色はそのままだが、重たい印象にはならないだろう。

カットだけなので、そう時間はかからなかった。

最初は硬い表情だった佑紀も、髪を切りながら話すうちにリラックスしてきたようで、終わる頃には自然な笑顔を見せるようになっていた。

仕上げに鏡でサイドやバックのスタイルを確認し、スタッフに見送られて外へ出た。

車に戻ると佑紀は大きな溜め息をついた。

「あんなおしゃれなところで髪切ったの初めてだよ」

「そうか」

「場違いすぎて緊張した……」

一人で来るのはハードルが高いというなら、次回も連れてくればいいことだ。二人用の個室もあるから、一緒にやってもらうのもいい。

さて次は〈サイフィール〉の本社兼フラッグシップ店だ。目的地を見た途端、佑紀は弾んだ声を上げた。

「ここってRYOSEIさまがモデルやってるとこ！」

いろいろと突っ込みたいところはあったが、佑紀が目をきらきらさせているのでなにも言えなくなった。

「〈Loup noble〉はコンセプト的に難しいから、別のブランドになるけどいいか？シンプルなカットソーとか小物はいけると思うんだが」

「え、でも高いし」

「在庫品やサンプルをもらうことになってるから問題ないよ」

そう思わせておき、今シーズンの販売品も大量に入れ込む作戦だ。むしろ後者のほうがメインと言っても過言ではなかった。

勝手知ったるビルへと入り、店舗ではなく会議室に通してもらう。対応してくれた女性スタッフは佑紀を見て目を輝かせ、挨拶もそこそこに好みを聞き出し、軽い足取りで出て行った。

待つ間に別のスタッフがお茶を淹れて持ってくる。佑紀は恐縮しきりで小さくなっていた。会社側には親戚の子で、自分が保護者代理なのだと説明してある。

サロン帰りの佑紀はずいぶんと垢抜け、綺麗な顔も全開だ。おどおどしている様子さえ小動物のようで可愛らしかった。

仮にと用意した服も非常によく似合っている。現在の姿を想像して選んだものだが間違いはなかった。

服選びはヘアサロン以上に時間がかかった。ゆうに倍はかかったが、時間をかけた甲斐はあり、十分な数を仕入れることが出来た。当面着る秋ものから、冬もの中心だ。アウターも二種類買ったし、靴もスニーカーとローファーとショートブーツを揃えた。帽子やマフラーといった小物類もだ。もちろん涼誠が専属モデルになっているブランド「Ｌｏｕｐ ｎｏｂｌｅ」のカットソーも入っていた。

かなりの量になったので、冬のコートやブーツなどは後で送ってもらうことにした。それでも持ち帰り分は大量だ。

ショップバッグは〈Ｌｏｕｐ ｎｏｂｌｅ〉のものにしてもらったので、抱える佑紀は嬉しそうだった。

気がつけば五時近くになっており、涼誠は卓馬に連絡を取り、帰りがけに彼をピックアップすることにした。今後のことを決めなくてはならないからだ。

生活雑貨を買いながら時間調整をし、大学帰りの卓馬と合流する。当然のように荷物持ちをさせた。

「すんげぇ大量。後で見せて」

後部シートに座った卓馬は服の量に驚きの声を上げた。いいなぁ、などと言っているが無視した。

三人がかりで佑紀の部屋へ服を運び込み、整理は後まわしにして勉強についての取り決めをした。

このあたりは卓馬の都合が優先だ。結果、週三回で計七時間が対面で、後はリモートで臨機応変に、ということになった。

「ありがと……えっと、これからよろしくお願いします」

「おう」

「お礼ってどうすればいいのかな。家庭教師代の相場っていくらくらい？」

「いやいや、そんなのいいって。あーでも気が済まないっていうなら、受かった後でいいから俺の趣味のほう手伝ってくんない？　動画編集とか覚えて、やって」

卓馬はいまのところライブ配信しかやっていないが、友人は動画もアップしているという。いずれは自分も、とは思っているようだった。

「あ、うん。そんなんでいいなら」

noble
Loup noble

「やりっ！」

話はまとまったようだ。本当は涼誠が家庭教師代を出してもいいのだが、本人たちが納得出来る形があるならばそれがいいだろう。

「えっと、じゃあご飯まで服の整理してくるね」

「行ってらっしゃーい」

すでに夕食は和食店から取ると決めてあり、注文は昨日と同じく卓馬がやることになっている。おかずを数品と鰻重の予定だ。

佑紀が姿を消すと、タブレットに向かいながら卓馬が口を開いた。

「いやー、頭とかすげーさっぱりしたな。あ、髪型のことな」

「わかってる。可愛くなっただろ？」

「垢抜けたよな。心なしか顔つきっつーか、表情も明るくなったような気がする。けど、もうちょい肉付けたほうがいいよな。正直まだ不健康そうだもん」

「ああ」

昨日今日で改善されるものではないが、時間はそうかからないと踏んでいる。昼型の生活に戻して休息と栄養をたっぷり取らせれば回復も早いはずだ。

「ところでさ、昨日のあれなんだけど……ほら、バーで会った途端ハグしてたの。感極まって思わず……って雰囲気出してたけど、下心見え見えだったぞ」

「そうか？」

「うん」

「下心があるんだから仕方ないな」

「うわ、開き直ったぞこの人」

「ユウにバレなければいいいんだ」

「ははは」

艶子も気づいていただろうが、わざわざ口に出す人でもないだろう。佑紀への情はあっても、必要以上に口や手は出さないつもりのようだ。

「おまえを立ち会わせたのは、俺なりの配慮だしな」

「なんの配慮よ。誰に対しての？」

「ユウに決まってる。会ってすぐに二人きりになったら、理性が働くかどうか自信がなかったからな。幸い、大丈夫だったが」

とにかく未知数だったのだ。涼誠が恋愛感情を自覚したのは離れていたあいだ——正確に言えば連絡が取れなくなってからであり、自覚した状態で佑紀に会うのは初めてだったのだ。数年間積もり積もった感情がどう動くかなど予想できなかった。

ましてや何年も行方が知れなかったことで、想いは執着という厄介なものまで纏ってしまったのだ。そのあたりの自覚も涼誠にはあった。

「ぜひこれからもその理性働かしてください。出来れば終身雇用で」

「それは無理だろ」

完全に手放すつもりはないが、本能やら衝動やらが理性を凌駕するときは来るだろう。それは予定のうちだ。

「いつまでも『推し』でいるつもりはないからな」

「ああ……そうね、さすがに『推し』はないわな。俺としては昔みたいな『お兄ちゃん』で収まってて欲しいんだけどさー」

「そのつもりはないな」

「わぁ。川久保逃げてー、超逃げてー」

階上にいる佑紀に向かって叫ぶ——もちろん声は届かないボリューム——卓馬の頭を、涼誠は黙って引っぱたいた。

□□□

思いも寄らなかった同居が始まり、もう十日がたった。

シフトが入っていた分をこなしてアルバイトも辞め、いまは勉強に専念している。涼誠は勉強だけしていればいいと言ったが、出来ることはないかと、探さずにはいられない。

スマートフォンは新しくしたばかりでようやく慣れてきたところだ。以前のものは解約し、いまは川久保佑紀の名義で契約している。

タブレットはもともとＷｉ－Ｆｉでしか繋がらないタイプなのでそのままだ。

佑紀は今日も今日とて「推し活」の真っ最中だった。十日ほど前からＲＹＯＳＥＩはあまり更新をしなくなってしまい、罪悪感が止まらない。

（ごめんなさい！　たぶん俺のせいです。サワユリさん、枯れないで！　同意……できないっ。なんとか更新してもらうから！）

更新されない状態を嘆く推し仲間――しかしこちらからの一方通行――に、佑紀は心のなかで何度も謝った。

ネット上に新たな情報は上がってこない一方、佑紀は「推し」と毎日会っている状態だ。上手く言葉にならないこの心境を言語化してもらうことは出来ないのだ。

目の前に常に推しがいる、という、まさに夢のような非常事態なのだから当然だ。

生の供給が多すぎて、飽和状態とも言える。

（朝起きたらＲＹＯＳＥＩさまがいて、おはようって言われて朝ご飯作ってもらって一緒に食べて、仕事してるのを片付けしながら見ててもＯＫで、掃除したらありがとうって言ってくれて、お昼も一緒に作ったりして、車に乗せてもらったり買いものに行ったり、勉強見てもらったりそれで……お、お風呂上がりのセクシーショットも見ちゃったり……！）

供給過多もいいところだ。佑紀にとってのサービスが盛られすぎていて、どうしていいのかわからなかった。おかげで一日に何度もフリーズしてしまう。

不意に眩しい笑顔を向けられたときや、優しい言葉をかけられたとき、佑紀は反応出来なくてカチコチに固まっているのだ。

「どうした、ユウ？」

飲みものを淹れてキッチンから戻ってきた涼誠が、タブレットに向かって百面相をしている佑紀に近づいてきた。そうして隣に座り、頬にすっと手を押し当てる。

当然のことながら佑紀は固まった。身体だけでなく頭のなかもフリーズするので、返事なんて出来やしなかった。

「肌の調子がよくなったな」

バランスの取れた栄養たっぷりの食事を取り、静かな部屋の寝心地のいいベッドでたっぷりと睡眠を取っている佑紀は、みるみるうちに肌つやが良くなった。さらに涼誠が厳選したシャンプーやトリートメントのおかげで髪もさらさらでふわふわだ。もちろん洗顔料やボディソープなども同様に選び抜かれている。

髪も肌も整い、身につけるものの質も上がった。十日前までの佑紀とは別人かと思うほどの変わりようだ。もしも辞めたバイト先の関係者が見たとしても気づかれない、あるいは似ている程度で終わることだろう。

「もう外で誰に会っても心配いらないよ。いや、やっぱり心配だな。可愛過ぎて悪い虫が付きそうだし」

涼誠の言葉はほとんど頭に入ってこなかった。それよりに頰から離れない手に意識が集中してしまっている。

大きな手だ。指が長くて節くれ立っていて、綺麗だけれども男らしい。そう言えばSNSをフォローしているサワユリという人は手フェチだと宣言していて、最初はRYOSEIの手に惚れたのがきっかけだと言っていた。

(めっちゃわかる……！　完全同意だけどもっ)

それが自分に触れている現状をどう処理したらいいのかわからない。RYOSEIさまの手は冷たそうなんて話も過去に出ていたが、実はとても温かいという事実をファンの人たちに教えてあげたかった。出来ないけれども。

「あ、あのっ……勉強してくるから！」

勉強という便利なカードを切って、佑紀は与えられた自室へと逃げていく。その背中に、今日は外食しようと誘いかける声が追ってきたが、振り返ることなく返事だけして階段を足早に上がった。

リビングからの階段は視線を遮るものがなく、部屋に入るまで涼誠が見ているような気がして仕方なかった。自意識過剰と言われても、そうとしか思えない。

自室のドアを後ろ手に閉め、はーっと大きな息を吐き出した。

「無理……」

心臓がうるさいくらいに主張しているし、きっと顔だって赤くなっている。

勉強と言って部屋に逃げ帰ったくせに、佑紀は広げたテキストとノートの上に突っ伏して、しばらくそのまま動かずにいた。

(あんなにスキンシップ激しかったっけ……？　髪とかよくわしゃわしゃしてたし、ほっぺた撫でたり……あれ、昔からしてたかな？　してたね……いやでも、もっとこう……ぽんぽんって感じで、あんなじゃなかったような……そうだよ、髪だっていまは撫で撫でって感じじゃん。やっぱ違う気がする……かもしれない)

昔のことを必死に思い返してみたが、結論は出なかった。気のせいだと言われてしまえばそれまでだった。それくらい昔の佑紀は涼誠に触れられることに対してあまり気にしていなかったのだ。

「……大人になったから恥ずかしい……？」

正解に辿(たど)り着いたような気もしたが、どこか釈然としなかった。

恥ずかしくて逃げてしまった。それは間違いないのだが、マイナスの感情ではなかった。

嫌ではないけれども、じっとしていられなくての逃亡だ。

ひとしきり唸（うな）った末に、佑紀は思考を放棄した。そうしてタブレットに手を伸ばし、いつものようにSNSを開いた。

「あ……ゲーム雑誌、また載るんだ」

情報源として世話になっている人が、いち早く涼誠の仕事情報を載せていた。モデルとしてではなく〈ｃａｒｉｓｓｉｍａ〉の代表取締役としての掲載だ。

彼の会社は３Ｄゲームエンジンの開発もしており、アルファ版をへて現在はベータ版が公開されている。来年にはいよいよマスター版ということで、有名なゲームクリエイターが新作にそのエンジンを使うことに決まった……という見出しになっている。

「社長なんだよね……」

社員も数名抱えているのは卓馬から聞いて知っている。それぞれの自宅で仕事をしているので、オフィスに顔を出すことはまずないという。

件（くだん）のゲームクリエイターは佑紀でも知っているコンシューマーゲームを世に送り出した人物だ。国内のみならず海外でも人気のシリーズで、キャラクターモデルに海外の有名俳優を起用したことで話題を呼んだ。そういうオファーを受けてもらえるくらいの人物だということでもある。

「そんな人が使ってくれるんだ……すごいなぁ」

ＲＹＯＳＥＩのＳＮＳのフォロワーはモデルとしての彼が好きな人も多いが、ゲームシステムや配信関係のアプリやソフト開発者としての支持者も相当数いるという。後者は男性がほとんどだということだ。

溜め息をつきながらフォロワーの声を拾っていくと、新作のキャラクターモデルにＲＹＯＳＥＩが入るのではないか、と期待する声が多く見られた。

あくまで希望であり憶測だ。けれども可能性は十分にあるのではないだろうか。

（やっぱすごい人なんだよね……俺なんかが独り占めしてたら罰当たりそう……）

かと言って、いますぐにここを出て行くことも出来ない。大学に合格するまでは現状で、という流れになっているし、一人暮らしの費用を稼ぐのも難しい。再び働けば可能だが、高校に通っていなかった佑紀が勉強しながら……となると現実的ではないのだ。これまでの遅れを取り戻さなければならないのだから。

「そうだ、勉強しなきゃ」

いまの佑紀に出来ることは、いやしなくてはいけないことは勉強だ。結果を出さなくては始まらない。現状打破を考えるならば、まずは合格に十分な学力を身に着けなくてはならないのだ。

深呼吸をしてから、おとなしくテキストに向かう。涼誠と卓馬が話しあって作ってくれたプログラムがあるので、それに従ってやるのみだった。

二時間近く集中して、外が暗くなってきた頃にふと顔を上げた。

ずいぶんと日が短くなっている。少し前ならこの時間でも明るかったのにもう真っ暗だ。

椅子に座ったまま伸びをしてからカーテンを閉じ、リビングへ戻ることにした。スマートフォンはポケットに突っ込んだ。

階段を下りる途中で、ソファで横になっている涼誠に気づき、思わず足を止めてしまった。

（ね……寝てる？）

いや、ただ目を閉じて考えごとをしているだけかもしれない。そう思いつつも、息を潜めてそっと近づいた。

そばに寄っても涼誠は目を開けないし、声をかけてこない。本当に眠っているようだ。

（リアル寝顔！　嘘、ヤバい、どうしよう、ヤバい。語彙力なくなるっ）

とっさに口元を覆い、その場で足踏みをしたいほどの高まった感情を必死で落ち着かせる。

目を閉じた顔は、写真で何度も見たことがある。だがそれは被写体としての顔であって、本当に眠っているわけではない。

昔はよく互いの家に泊まっていたが、一度も涼誠の寝顔を見たことはなかったのだ。常に佑紀が先に眠ってしまい、涼誠が先に起きたからだ。

写真を撮るなど論外だ。だから目の前の光景を目に焼き付けておこうと、佑紀はじっと涼誠を見つめた。

さすがに視線がうるさかったのか、涼誠がうっすらと目を開けた。

「ユウ……」

少し掠れた声と気怠げな表情の破壊力に、佑紀は思わず逃げ出した。脱兎のごとく、という言葉が頭につくほどの逃げっぷりで玄関へと向かい、そのまま靴を履いて飛び出してしまった。自分でもなにをしているんだと後から突っ込んだ行動だった。

背後で涼誠の困惑気味の声がしていたが、かまわずエレベーターに乗り込んだ。

涼誠が追ってくるとしたら階段だ。けれどそれは表通り側にある。だから佑紀は裏道を走り、そのまま入り組んだ道をでたらめに走って、別の大通りに出た。そうしてたまたまバス停に停まっていたバスに乗り込んだ。

スマートフォンには交通系ICカードなどの電子決済アプリも入っているから問題ない。ポケットのなかでスマートフォンが震えているが、バスのなかだからと言い訳して何度か無視した。心苦しかったが、いまの佑紀は冷静ではないので、涼誠と話すことも、まして向き合うことも出来そうになかった。

十分ほどで、利用したことはないが名前くらいは聞いたことがある駅名がアナウンスされたとき、ようやく冷静になった。

（お……降りよう……）

数人の乗客と一緒にバスを降り、そのままバス停の近くで佇んでいると、いまさらながらに寒さを感じた。走っていたときやバスのなかでは問題なかったが、さすがにこの季節にアウターなしは厳しい。

「どうしよ……」

いまから艶子のところへ行っても開店準備で忙しいし、そもそも近づくなと言われている。だとすれば行く当てなど一つしかない。

スマートフォンを開き、もらった住所を出して経路を確認する。歩いて十分ほどで着くようだった。

ナビを頼りになかば走るようにして進み、こじゃれたアパートに到着した。目当ての部屋には明かりが付いていた。

呼び鈴を押すと、ややあってドアが開いた。露骨に嫌そうな顔で出迎えられた。

「頼むからすぐ帰って」

開口一番そう言われたが、黙ってじぃっと卓馬を見つめた。立ち止まっていると寒かったし、ここで帰ったらなんのために来たかわからない。

そもそも家を飛び出した理由も不明なのだが、いまさらである。佑紀自身にも意味がわかっていないのだ。いや、最初から意味のない行動だとも言えた。

ぶるりと震えるのを見て、卓馬は早々に折れた。嫌々、という態度を隠そうともせず、それでも佑紀を部屋に上げた。

卓馬はやはりとても人がいい。

「いやほんとにヤバいんだからな。俺が！」

「なんで？」

「下手（へた）すると今日が俺の命日になるからマジで。あ、そうだ。チェーンかけたまま少しドア開けておけばいいんだ、そうしよう」

「会話になってないんだけど」

今日の卓馬は挙動不審だ。そんな彼を見ていたら、少し気持ちが落ち着いてきた。

卓馬の部屋はワンルームで、シングルベッドとパソコンが載ったデスクが床の半分以上を占めていた。食事をするようなテーブルはなく、床に雑誌やらバッグやらが放り出してあった。部屋の隅のほうに少し埃（ほこり）が溜まっている。

チェーンをかけたドアにスニーカーを挟んで少しだけ開いた状態にしてから、卓馬はくるりと振り返った。

行動の意味がまったくわからなかった。

「ほんとになにしてんの？」

「密室にならないようにしております」

「だからなんで？」

「……保険？　いや、いいんだよそんなことは深く考えなくて！　とにかくそのへん座れよ。

なんか飲む？」

「いらない」

「あ、そ。で？」

佑紀は床に座り、立てた膝に顔を埋めた。

「……もう無理」

「な、なにがっ？」

「いろいろ」

「いや、それじゃわかんねーって。兄貴がとうとうなんかしたってことか？」

「……とうとう、ってなに」

卓馬の言い方に引っかかって顔を上げると、卓馬は心配そうに佑紀を見ていたが、やがてふっと力を抜いた。

「違うっぽいな。じゃあなにが無理なん？　勉強？」

「それはちゃんとやってるし、出来てる気がする。そうじゃなくて、生ＲＹＯＳＥＩさまが格好良すぎて心臓持たない……！」

「はい？」

直前まで少し焦った顔をしていたのに、一瞬ですんっと表情がなくなった。なにも言えないのか言いたくないのか、ただ黙って佑紀を見つめている。

「直視できない。しても一瞬だけ。毎日見てたら慣れるかと思ったけど、全然無理だった。イケボで名前呼ばれるとヘナヘナって力抜けそうになるし、あの顔で微笑むとか反則だよ。風呂上がりとか超セクシーだし、料理してるのとかもうお宝映像過ぎだし、仕事してるときも超格好いい。心のシャッター何回押しちゃったかわかんないよ。供給過多でもういっぱいいっぱいなのに、さっき寝顔見ちゃって、しかも寝起きに名前呼ばれちゃって、破壊力すごすぎて死ぬかと思った！」

「お、おう」

「さすがＲＹＯＳＥＩさま。俺のこと殺しにかかってる！」

「いや落としにかかってるだけだと思う」

「俺、なんか前世で徳でも積んだのかな？」

「聞いちゃいねぇな」

卓馬は大きな溜め息をつき、哀れむような目を佑紀に向けた。聡い彼は、佑紀の言葉からいろいろと把握したところだった。

同居人への過剰とも言える賛辞を淀みなく口にする佑紀をよそに、卓馬は高速でスマートフォンを操作していた。ほぼノールックなので、一応話を聞いている態度ではあった。

「はっ……そうだ、卓馬と俺が同居すればいいんじゃ？」

「はぁあああ？」

それはもう悲鳴に近かった。隣近所からクレームが入るのでは……と心配するほどの声量に、佑紀は少しムッとした。そこまで拒絶されるような提案だろうか、と。

「そしたら結構いろいろ解決するかもしれないじゃん」

「しねぇよ！　むしろ大惨事だわ！　俺がな！」

「……やっぱ狭いか」

「それもあるけど、そうじゃない。いいか、おまえは根本的なとこで間違ってんだよ。おまえと一緒に暮らしてるのは、関宮涼誠であってＲＹＯＳＥＩじゃない。いいか、おまえの『推し』じゃないの。わかる？」

「それは……」

言葉が続かなかった。無意識に「ＲＹＯＳＥＩ」を語っていたことに気づき、ひどくばつが悪くなった。少なくとも弟の前で言うことではなかった。

「あの人は、おまえの『幼なじみの涼誠お兄ちゃん』だぞ。そりゃモデルなんてこともしてるし、社長にもなっちまったけどさ、中身なんにも変わってねぇからな？　前にも言ったろ？マジで一ミリも変わってないから」

「でも立ち位置が違うのはほんとのことだし」

「立ち位置がどうのこうの言うなら、前からそうじゃん。たとえば引っ越す寸前とかなら、中学生と大学生だったろ？」

「それは、まあ」

出会ったときは未就学児童と小学生だった。確かに一度として同じ立ち位置だったことはないのだ。

「しかも兄貴はバイトとかあれこれで当時から異様に稼いでたしな。あの頃から普通の大学生の稼ぎじゃなかったぞ。それって高校んときからだし」

「バイトしてたのは知ってたけど……」

「それとな、いまの兄貴になったのは川久保のためだかんな。スカウト受けたのもそうだし、稼いでんのは川久保を引き受けるだけの経済力を持ちたかったからだし」

卓馬曰く、出会った頃は単に実家を早めに出て経済的に自立するのが目的だったようだ。それが佑紀の引っ越しで、一つ目の変更があったという。佑紀が戻ってきたときに同居するため、になったわけである。

そして佑紀の失踪で、さらに変わった。同居については同じだが、探し出して庇護することが加わったのだ。

「どうして、そこまでしてくれるんだろ」

「それは兄貴に聞いて。俺が言いたいのは、とにかく兄貴自身を見てやってくれってこと。間違っても二度と本人の前でＲＹＯＳＥＩさまとか言うなよ」

思わずうっと言葉に詰まった。すでに何度か口にしているし、何度か言いかけてはごまかすこともしている。

　そしてまだ一度もきちんと「涼誠お兄ちゃん」と呼んだことはない。呼びかけ一つにも葛藤があるため、不自然な「涼誠さん」になるのがせいぜいだ。

「わ、わかった」

「それと、出て行くとか一緒は無理とか言わないであげて。言ったら相当落ち込むからな。落ち込んですめばいいけど、なんか怖いことになりかねないから絶対言うなよ」

「わかった、言わない」

　そこは素直に頷いた。涼誠を落ち込ませるなんて、していいはずがないからだ。

「まぁ、基本的に兄貴の好きにさせてやって。ああ見えて、いますげーテンション高いからな。むしろ舞い上がってるからな」

「そうかな？　クール……ではないかもしれないけど、落ち着いてるよ？」

「頑張ってんなぁ。ま、もし不満があるなら遠慮なく言って大丈夫だぞ。我慢させるのは兄貴も本意じゃないと思うし」

「……うん」

　どこまでも甘い人だとわかっているし、何年も心配させてしまった負い目もあるので与えられるものを戸惑いつつ受け取っている毎日だが、思うところがないわけではない。

　卓馬は気遣わしげな様子を見せた。

「なんかあんのか？　不満？」

「不満というか……あのさ、なにもさせてもらえないんだ」

「へ？」

「生活費出すって言っても、母親からもらってるって言われちゃうし、家事もさせてくれない。勉強に専念しろって。それに、なんでも買ってくれちゃう……」

「あー……それは、なぁ」

「そりゃロボット掃除機あるし、週二でハウスキーパーさん来るし、涼誠さん料理上手いから俺なんか出る幕ないけど……」

四階と五階に一台ずつあるロボット掃除機は、今日も元気に働いていた。足下を器用に動きまわるそれを眺めて、少し落ち込んだことは胸のうちに秘めておいた。さすがに平べったい機械より役に立っていない、などと口にする気はなかった。

「うーん、金のことはともかく、家事はいけるんじゃないか。たとえばさ、兄貴のために料理覚えたいとか、兄貴のために掃除とか洗濯してあげたい、とか言って」

「はぁ。だからそれはもう言ったってば」

「わかってねぇなー」

卓馬はチチチと舌をならしつつ指先を振った。

「違うんだよ。頭に『涼誠お兄ちゃんのために』って付けるのがミソなんだって。あ、『涼誠さん』でも可」

「んんー？」

「いいから、騙されたと思ってやってみ」

「まぁ……うん、じゃあやってみる」

それにしても卓馬は親切だ。子供の頃、あんなに当たりがきつかった佑紀に対して、どこまでも親切にしてくれる。そもそもまったく過去のことを気にした様子がなかった。

佑紀のなかにも、すでに過去に感じた嫉妬心はなくなっていた。勝手にわだかまりを作って一方的に突っかかっていただけなのだ。そこは十分に自覚している。

「あ、来たかな」

「え？」

「兄貴。こっちに来るかもって連絡来てたんだよ。だから来たって返しといた」

「いつの間に……っ」

佑紀が焦っているうちに玄関ドアが軽くノックされた。慌てて卓馬がドアを開けに行く。

怒っていたらどうしようとびくびくしていたのだが、涼誠は少し困ったような顔をするだけで、責める言葉も向けてこなかった。

佑紀は後ろめたさで涼誠の顔を見られないが、その分また挙動不審な卓馬の様子を目の当たりにすることになった。

心なしか卓馬の顔色は悪い。

「あの、兄貴。川久保さ、なんかちょっと改善して欲しいことがあるみたいで、それで俺に相談？　うん、そう相談しに来たっぽいよ」

「ふぅん？」

「ほら、だってあのお姉さんとこには行けないわけだし、そうなるともうほかに選択肢もないわけだしね……！」

彼はなにを必死になっているのだろうかと、佑紀は首をかしげる。まるで失態を弁明しようとでもしているようだったからだ。

涼誠が鷹揚に頷くと、卓馬はあからさまにほっとしていた。

「……ユウが世話になったな。これからもフォローを頼むよ」

「喜んで！　じゃ、またな川久保！」

無理に作ったような笑顔で追い出しにかかる卓馬を、佑紀は訝しげに眺めた。

好意はあるようなのに訪問は歓迎されていないらしいが、急だったからそれも当然かと納得した。やたらと汗をかいている卓馬は、ずいぶんと暑がりなんだなと思いながら。

「帰ろうか」

「……うん」

持ってきた秋もののアウターを渡されて、立ち上がりながら袖を通す。促されて玄関を出たところで、そうだ……と振り返った。

「ありがと。卓馬っていいやつだったんだな」

「いまさらかよ」

「知ってたけどね」

まんざらでもなさそうに笑った卓馬だが、涼誠からの無言の視線に気づいた途端、青ざめて引きつった笑顔になった。

すぐ近くのコインパーキングに涼誠は車を停めていて、先日と同じように佑紀は助手席に座った。

これもまた佑紀の感覚ではとんでもない事態なのだ。なにしろＲＹＯＳＥＩさまの愛車の、まして助手席なのだから。

（違う。ＲＹＯＳＥＩさまじゃなくて、これは涼誠お兄ちゃん……いや、やっぱお兄ちゃんはおこがましくない？　だって俺のお兄ちゃんじゃないし、卓馬いるし……そうなると、涼誠さん……が正解？）

うわぁ、と小さく呟き、一人で赤くなって下を向いた。そう呼べと言われてはいるし、実際何度か口にしたが、やはりとても照れてしまう。

幸いにして、涼誠がそんな佑紀に気づくことはなかった。彼は精算中だったからだ。

やがて戻ってきた涼誠は、いつものように優しく声をかけながら車を出した。

いきなり飛び出した佑紀には肝を冷やされた。

ビルの造りのせいで見失ってしまったものの、行き先は限られているから、すぐさま卓馬に連絡を入れた。

間もなく佑紀が来たことを知らせてきたので、頃合いを見て迎えに出たのだ。

佑紀に頼られる形になった卓馬に対し、つい殺気を放ってしまったが、ほかに選択肢がなかったことも言われるまでもなく理解していたし、卓馬に邪(よこしま)な気持ちがないこともわかっていた。むしろ彼は涼誠の最大の協力者だ。

たとえ保身のため、という理由であったとしても、そこはどうでも良かった。佑紀との関係に好意的であればいいのだ。

(大人げなかったか……)

あの態度はないなと反省し、謝罪と感謝の気持ちを後でなにか示しておこうと決めた。

「えっと……その、ごめんなさい」

押し黙っていた佑紀が、恐る恐るといった調子で言った。あるいは沈黙に耐えられなくなったのかもしれなかった。

「急に飛び出して行ったからびっくりしたよ。言ってくれれば送って行ったのに」

「行きたかったわけじゃなくて、卓馬のとこしかなかったというか」

「理由を聞いても？」

萎縮させないよう、追い詰めないよう、注意深く問いを向ける。いまのところ佑紀に怖がるそぶりはなかった。

「あー……なんていうか、えっと……待って。まとめるから、家帰ってからでいい？」

「もちろん」

「それで、あのね……涼誠お兄ちゃん」

ひどく慎重に、そっと口にしたのは懐かしい呼びかけだった。涼誠はわずかに目を瞠（みは）り、無意識にハンドルを握る手に力が入った。

だが表情には出さなかった。運転中でなければ思い切り抱きしめていたかもしれないが、なんとか冷静さを装う。

「前みたいに、呼んでもいいのかって……考えてたんだ。卓馬に遠慮してるってのも少しはあるけど、年齢的に……ちょっと厳しいかも、とか思ったりもして」

子供の頃と同じ呼称はどうか、という疑問が芽生えたようだ。それ自体は非常に可愛らしいことなので、自然と口元が緩んだ。

「歳（とし）は関係ないんじゃないか？　俺は嬉しいよ」

「ほんと？　じゃ、涼誠さんと、どっちがいい？」

あまりにも可愛らしい問いかけに即答出来なかった。かなり迷ってしまう。恋人になるなら後者がいいと思うものの、いまの佑紀に「涼誠お兄ちゃん」と呼ばれるのも捨てがたい。要するになんでもいいのだが。

まさか涼誠が真顔でこんなことを考えているとは思いもせず、佑紀は助手席からそっと様子を窺っている。

相変わらず小動物のようで可愛い。もうすぐ成人を迎えるというのに、佑紀の印象は昔とあまり変わらない。大人っぽくはなったが、雰囲気はそのままだった。

「ユウの気分で呼べばいいよ。ああでも、ＲＹＯＳＥＩさまだけはやめて欲しいな」

「それは、もちろん。あの、話したいことっていうのは、そのへんも入ってて……」

「部屋で聞くよ。それまでまとめてて」

「うん」

それから間もなく家に到着し、ガレージから部屋へと戻った。外食の予定は変更し、今日は冷凍食品ですませることにした。冷凍食品とは言っても、フランスに本店がある店の商品で一般的なそれとは一線を画すものではあるのだが。

パエリアを解凍し、あり合わせの野菜で作ったサラダと共に、簡単な夕食を取った。並んで食べながら、やはり向かい合う形のダイニングテーブルを買うべきかと考えていた。

片付けを終えてからリビングへ移動して、佑紀の話を聞くことになった。

「気づいてるかもしれないけど、離れてるあいだに涼誠お兄ちゃんのこと、自分とは違う世界の人にしちゃってたんだ」

「そうみたいだな」

「俺のためにモデル始めたって言われても、実感なくて……でも今日、卓馬といろいろ話して、涼誠お兄ちゃんは変わってないよって……あ、これも前に言われたんだけど、やっぱりピンと来てなかったんだ。いまは、ちょっとだけ、そうかもって思ってる」

「うん」

「だって、ＲＹＯＳＥＩ……の、パブリックイメージとは違うもんね。そういうことも、わかってたはずなのになぁ」

そのあたりも一応涼誠は理解しているつもりだ。ＳＮＳ上でＲＹＯＳＥＩのフォロワーに共感しているうちに、自分も同じ立ち位置だと錯覚していったのだろう。他人の名前を使って潜伏生活をしていた後ろめたさも、そこに拍車をかけたのだ。

「一つ聞いていいか？」

「う、うん」

「まともに目を合わせてくれないのは、どうして？」

「そ……それは……その、格好良すぎるから……」

視線が落ち着かずにうろうろとしている。少し頬が染まっているように見えるのは気のせいではないだろう。

「顔だって声だって、昔と同じだろ？」

「同じだけど、昔はそんなに目力強くなかったじゃん。色気もダダ漏れになってなかったよ！」

前者については変わっていないと言い切れる涼誠だが、佑紀を見る目に関してはかつてと違う自覚はあった。

涼誠が恋愛感情に気づいたのは——というよりも、幼なじみへの好意が恋情へと変わったのは、佑紀が引っ越していった後であるが、それ以前から彼への執着は尋常じゃないと自覚していた。卓馬もかなり怪しんでいたようだが、とにかく邪な想いはなかった。

だから佑紀が涼誠の目つきに違和感を覚えるのは当然なのだ。会わないでいるうちに、明らかに捕食者の目に変わっているのだから。

「試しに目を合わせてみないか？　案外大丈夫かもしれないよ」

「絶対大丈夫じゃないと思う」

「やってみないとわからないだろ。ほら」

抵抗する佑紀を促すと、しばらくたってから意を決した顔つきになり、えいやっとばかりに彼は顔を上げた。そこまでのことなのかと笑ってしまいそうになった。

「っ……やっぱ無理！」

目を合わせた途端、かーっと赤くなった佑紀は、また脱兎のごとく部屋に逃げ帰ってしまった。まさに巣に逃げ込んでいた。

ふむ、と涼誠は思案する。

「あれはどういう反応なんだろうな」

あくまで「推し」に対するものなのか、あるいは。

確かなことは、嫌悪ではないということだ。無意識に食われる恐怖を感じ取っている、というわけでもなさそうだった。

（まぁ、何度か仕掛けてみるか。それにしても卓馬はいい仕事をするな）

今日のことを含めた謝罪と礼に、卓馬が欲しがっていた涼誠所有のレザーコートを譲ることにした。

「言い聞かせに行くか」

なにかあると飛び出して行く癖を直してもらわねばならない。家のなかで逃げる分にはいいが、三年半前のように新幹線に乗られてはたまらない。それに改善して欲しい点についてまだなにも聞いていないのだ。

ノックの返事を待ってドアを開けると、佑紀はベッドで布団(ふとん)に潜っていた。

「話が途中だったからな」

「……うん」

もそもそと起き上がった佑紀は、少し躊躇(ためら)ってから口を開いた。

「えっと……それでね、料理覚えたいんだ」

「それは時間に余裕が出来てからでいいんじゃないか？」

「息抜きの時間だけでいいし、そんなすぐにちゃんとしたもの作れると思ってないし。でも、その……涼誠お兄ちゃんに、俺が作ったもの食べて欲しくて……」

俯いてぼそぼそとしゃべる佑紀の顔は少し赤くなっている。はにかみながらの言葉は衝撃的と言っていいほどの破壊力があって、涼誠はしばらく言葉が出てこなかった。

ここで否なんて言えるはずがないではないか。

「……だったら、手伝ってくれるか？」

「うん！」

ぱあっと明るくなった顔を上げ、視線がぶつかった。その途端にはっと息を呑み、佑紀は布団に潜ろうとした。

気がついたら捕まえていて、まるでベッドに押し倒したかのような格好になってしまった。衝動を抑え込んで理性を奮い立たせるのに、五秒ほどかかった。

「ユウ」

「は、はい？」

「一つ……気をつけて欲しいことがあるんだ。夕方みたいに飛び出して行くのはやめて欲しい。いまも部屋に逃げ込んだり、布団に潜ったりしただろ？」

「外にはもう行かない。けど、家のなかくらいは……」

「俺に慣れて欲しいんだ。これからずっと一緒に暮らしていくんだし」

少し声のトーンを落として言うと、佑紀はこくんと頷いた。懇願という形は有効だ。これからも積極的に使っていくだろう。

このままでは理性が負けそうなので、佑紀を離してベッドに座り直す。

「この際だから、ユウのしたいことを教えてくれないか。進路とか将来のことじゃなくて、潜伏中には出来なかったこととか。なんでもいいよ。食べたかったものでも。欲しかったものでもいい」

「もう結構、叶（かな）ってるよ。ゆっくりお風呂に入るとか、足伸ばして寝返りゴロゴロ打って寝るとか、そんなくらいだったし」

「ほかにもあるだろ？　言ってごらん」

遠慮しているのか、佑紀はなかなか口を割らない。だが根気よく誘導していくと、やがて躊躇いがちに呟いた。

「映画館で映画、見たい。後……お寿司食べたいな」

どちらも節約のために我慢していたのだという。涼誠にしてみればあまりにもささやかで、しかもすぐに実現できることだった。

「明日は映画見に行こうか。その帰りに寿司を食べよう。もともと今日は外食の予定だったしね」

「え、でも」

「久しぶりにユウとデートだな」

微笑みかけると佑紀はまた赤くなった。

相変わらずどういった反応なのか不明だが、単なる「お兄ちゃん」が相手ではこうはなるまいから、悪くはない反応なのだろう。

たとえファンとしての反応でも、特別な好意には違いない。推す対象に疑似恋愛をする者もいるくらいだから、口説いてモノにしてしまえばいいのだ。

「じゃあ午後に出よう。上映時間は調べておくよ」

「お……お願いします」

まだ顔が赤い佑紀を置いて、リビングに戻る。不在のあいだに卓馬からメッセージが入っていた。

用件は、卓馬の部屋で話したという内容についてだ。長文だったが、ほぼ既知の内容だった。ただし「兄貴のために家事したいとか言ってたぞ。なんか健気（けなげ）な幼妻みたいじゃね？」との一文は、大いに胸を打った。

本当に卓馬はいい仕事をする。

上映中の映画のうち、佑紀が選んだのはハリウッドのSF作品だった。どうせなら4Dがいいだろうと指定を取ったのだが、結果としては大成功だった。佑紀は珍しく大興奮で、子供のように目を輝かせていた。

夢中になりすぎて口が開きっぱなしだったのも可愛くて仕方なかった。

車は同じ建物内の立体駐車場に停めてある。ここはまだ新しいビルで、シネマコンプレックスの設備も都内最高と言われているのだ。

涼誠は変装していないが、佑紀にはキャップを深めに被せたり眼鏡をかけさせたりして目元を隠させた。アウターは膝上くらいで、ゆったりとしたものを着せている。

「あの科学者役の人って、どっかで見たことあるんだけど、なんだっけ？　多分、一緒に見たやつだと思うんだ」

エンドロールが終わって明かりが戻ってから、佑紀はずっと映画の話をしている。普段から無口というわけではないが、いまは常になく饒舌だ。見たばかりの映画の話をしたくて仕方ないのだろう。

再会してからここまで積極的に話そうとするのは初めてだ。これをきっかけに、もっと昔のような気安さに戻ってくれたらと思う。

「ああ……あれだな。ユウたちが中一の夏休みに見たやつ」

あのときは三人で出かけ、海洋アドベンチャーとでもいうような作品を見たのだ。当時は佑紀と卓馬の仲も良いとは言えず、常に涼誠を挟む形だった。

懐かしさに涼誠は目を細めた。三人で映画を見に行ったのは一度や二度ではなかった。長い休みがあるたびに、二人を連れて行った。事前になにを見たいかを言い合い、計画を立てて、一日がかりで遊びに出かけていたのだ。

そしていま向かっているのは、佑紀の希望で回転寿司屋だ。そう、回るほうだった。涼誠としては昔ながらの寿司をと考えていたのだが、本人がどうしてもと言うので仕方ない。とはいえ百円の皿が中心の店ではなく、ネタごとに皿の色と値段が違うタイプの店だ。予約も可能ということで、ボックス席を頼んでいる。

「わがまま言ってごめん。いまさらだけど、涼誠お兄ちゃんに回転寿司は、ちょっとヤバかったかな。あんま似合わないよね」

「そんなものわがままのうちに入らないよ」

目的の店はもうすぐだ。周囲は明るく、人通りはそれなりにある。先ほどから何度か振り返られたりしているが、それはいつものことだ。

RYOSEIを知っていようがいまいが、視線を向けてくる者は多い。モデルを始める前からのことだから、いまさら気にもならないものの、今日ばかりは別だ。

遠くから向けられたスマートフォンに気づき、さりげなく自分の身体で佑紀を隠した。

これで何度目か忘れたが、一応すべて防げているはずだ。ちなみに涼誠が変装をしなかったのは、しても無駄だと過去の経験で知っているからだった。

店に入って席に案内されると、ほっと息がこぼれた。ボックス席は半個室のようなもので、周囲の目も気にならない。

「取っていい?」

「ああ」

佑紀はキャップと眼鏡を取り、小さく息をついた。

それから喜々としてタッチパネルで注文をしていった。

卓馬からメッセージが届いたのは、互いに皿を三つばかり空にした頃だった。写真が送られてきているようだ。

「ちょっと見ていいか?」

「全然もう気にしないでいいから」

開いてみると、夜道を並んで歩く涼誠と佑紀の写真だった。もちろん佑紀は一部しか見えておらず、性別すらも不明の状態だ。どうやら「RYOSEIがデートしてる」とのコメント付きで写真がアップされ、一部のファンが騒いでいるようだった。

(まぁ想定通りだな)

念のために確認すると、いろいろと論争になっていた。隠し撮りした写真を載せたことを咎める声や、友達と映画見に行ったくらいで騒ぐなという意見。どう見ても雰囲気がデートだと断じる者がいれば、そもそも相手は女なのか男なのかと疑問を呈する者もいた。

写真の投稿者のところには非難を始めとする多くのコメントがついている。そして「相手はバースデーメッセージの相手では」と呟いている者もいる。

涼誠はふっと笑い、心のなかで「正解」と呟いてスマートフォンをバッグに戻した。

特に問題はない。涼誠はたまに卓馬を伴って歩いているし、部下や大学の後輩と外で会うこともある。モデルとしての付き合いも多少はあるから、そちらの業界の人間と食事したこともあった。

仮に週刊誌に載ったところで、保護者代理として預かっている子だと説明すればすむ話だった。疚(やま)しいことはあるのだが、外からは見えないのでどうでもいい。

(問題があるとすれば、ユウの反応だな)

彼がこの写真に気づくのは確実だ。そうなったときに、涼誠の迷惑になると距離を置かれたり、また「遠い人」だと思い直しては困るのだ。

どうしたものか。出来れば佑紀をネット環境から遠ざけたいところだが――。

「急なんだが、北陸へ行かないか?」

「え?」

「明日から少し時間が出来るんだ。やはり一度、実奈さんに会っておいたほうがいいんじゃないかと思って。先に片付けておいたほうが、楽じゃないか？」

「で、でもそんな急に……」

困惑するのは当然のことだ。唐突すぎると、言った涼誠ですら思っている。それでもここは推し進める必要があった。

「年が明けてからだと、いまより勉強に差し障るだろ？　俺も来年はちょっと仕事が立て込みそうで、いまが一番都合がいいんだよ」

我ながら強引だなと苦笑が漏れた。さらに畳みかけて、佑紀が心の準備をするための時間を取ろうと言った。

要するに北陸へ行く途中で、あえて何泊かしようということだ。

「それで無理なら、会わずに帰ってもいいと思うよ。ああ、旅費のことなら心配しなくていい。会社の経費で落とせるし」

過去に手がけた仕事のなかには、ホテル予約アプリの立ち上げもあったのだ。そして軌道に乗った後、代表を別の人間に譲って一技術提供者となった。もちろん株式は所有したままだ。

尻込み（しりご）みする佑紀を説得するのは、さほど難しいことではなかった。

後は佑紀のスマートフォンとタブレットに、少しばかり手を加えればいいだけだ。

□□□

ここへ来てまた急展開だ。

まさか母親に会いに行くなんて、少し前まで考えてもいなかった。

映画の余韻も寿司の美味しさも吹き飛んでしまい、佑紀はいま荷造りに追われている。

旅程は五日。旅行用のバッグなど持っていないので、涼誠からキャリーケースを借りて五日分の着替えを詰めている。

明日は早朝に出発するそうだ。

「涼誠お兄ちゃんってマイペースな人なんだな……」

そういえば昔から、たまに突拍子もないことをしたり言ったりしていた。佑紀が引っ越した夏も、夏休みに入った日に急にキャンプに行こうと言い出し、翌日に佑紀と卓馬を連れて山梨へ出発した。

だからといって、勝手という印象はない。少しばかり唐突で強引なところがある、というだけだ。少なくとも佑紀にとってはそうなのだ。

明日の準備を調え、さて日課の推し活を……とタブレットを開いたが、どうしたことかインターネットに繋がらなかった。

「え、なんで？」

試しにスマートフォンを見たら、これまた電波を受信出来ていない。

キャリアの通信障害としか考えられなかった。

「涼誠お兄ちゃん、ネット繋がる？」

部屋を訪ねて確かめると、涼誠はちらっと自分のパソコンを見て、「繋がらないみたいだな」と溜め息をついた。

「やっぱ通信障害かぁ」

「今日はもう寝ろってことだな」

「はーい。おやすみなさい」

佑紀は自室に戻り、諦めてベッドに入った。明日には解消されていますようにと願っているうちに、意識はすうっと眠りに吸い込まれていった。


「あれ、やっぱまだおかしい……？」

まだ人も車も少ない朝のサービスエリアで、佑紀はタブレットを手に首をかしげた。

一晩たって無事に繋がるようになったものの、なぜか一部のサイトやアカウントにアクセス出来なかったり閲覧出来なかったりという問題が残っている。にもかかわらず、障害情報は見当たらない。

「涼誠お兄ちゃん、今日も更新してない?」

「してないな」

「そっか……あ、でもサワユリさんとかは見れる。じゃいっか」

とはいえ、推しがなにも更新していないせいか、フォロワーたちの動きも非常に鈍い。佑紀は早々にタブレットの電源を落とした。

二人が家を出たのは六時過ぎで、現在は群馬県内だ。平日の朝だからか、道もサービスエリアもとてもすいている。朝食代わりに佑紀はアメリカンドッグを食べているところだった。

「こういうとこも久しぶり。車で遠くまで行くのって、キャンプで山梨行ったとき以来だよ」

「懐かしいな」

「あれも楽しかったよね」

「受験が終わったらキャンプに行こうか」

「うん」

話しているうちに、以前より会話が自然になったことに気がついた。映画を見に行ったことで昔の感覚を思い出せたのかもしれない。

それでも昔とは確実に違うのだと、ひしひしと感じる。

「目立つよね」

「うん？」

「涼誠お兄ちゃんはどこにいても目立つって話。昨日も歩いてるとき、いろんな人が見てたよ。ＲＹＯＳＥＩだ、って感じの人もいたけど、知らなそうなのに格好良すぎて二度見してた人も普通にいたし」

ただ背が高いだけでなく、頭が小さくて手足が長くて、すらりとしているのに肩幅もしっかりあるから、とんでもなくスタイルがいいのだ。しかも姿勢がいい。そこへ持ってきて類稀（たぐいまれ）なる美形とくれば、衆目を集めるのは当然だった。

そう、当然だと思っているのに、おもしろくないと感じる自分がいて、佑紀は少し戸惑っていた。

（同担拒否じゃないはずなんだけどなぁ）

むしろＲＹＯＳＥＩのファンは同士という気分で生きてきた。だというのに、隣にいる涼誠に熱い視線を送る女性を見ると嫌な気分になってしまうのだ。

いまもそうだ。サービスエリアの片隅にあるベンチで佑紀は買ってもらったアメリカンドッグを食べていたのだが、隣でコーヒーを飲む涼誠を見て色めき立つ女性がいる。一緒に彼氏らしき男性がいるのに、目は涼誠に釘付（くぎづ）けだ。

「そろそろ行こ？」

袖を軽く引いて促すと、涼誠は見惚（みと）れるような笑みを浮かべ同意した。

思いがけず直視してしまった佑紀は走り出したくなるのをなんとか我慢した。代わりに目をそらし、ぎこちない動きで涼誠に続いた。

目を合わせるのは精神力を必要とするものの、短時間ならば大丈夫になった。だが笑顔や甘い雰囲気を出されると途端にパニックになるのだ。

涼誠は機嫌がよさそうで、もたもたしている佑紀の手を取って歩き出した。

（うわわわ）

大きな手に包まれて、すべての神経がそこに集中してしまう。そのまま助手席に押し込められ、ぼうっとしているうちに車は高速を降りていた。

最初の目的地だ。観光や買い物をしながら、少しずつ母がいる町に近づこうという趣旨によるものだった。

晩秋の避暑地は思っていた以上に寒く、持ってきたアウターでは寒さが防げそうもなかった。このあたりはとっくに紅葉も終わっているらしい。

「よし、ユウの服を買おう」

「え？」

「冬ものがいるだろ。まずは厚手のコートだな。それともダウンにするか」

言い方からして問いかけではなく決定事項だった。慌てて佑紀はそれを思いとどまらせようとした。

「え、でも車移動メインだし、重ね着すればいけるよ？」

「散策するのに必要だよ。俺もこのままじゃ寒いしね」

涼誠も冬の装備は持ってこなかったようだ。周到な彼でも下調べが甘いことなんてあるのだなと、少し微笑ましい気分になる。

結局アウトレットに連れて行かれ、いくつかの店をまわることになった。コートを始めとする服だけでなく、マフラーやブーツといったものまで買ってもらってしまった。持ってきた服よりもずっと多かった。

ちなみに涼誠自身は〈サイフィール〉の店でコートを買っていた。律儀だなと思った。店員が大はしゃぎしていたのはあまり面白くなかったが。

「かなりお金使っちゃったよね。ごめん」

「そうでもないよ。どこもハイブランドってわけでもないしな」

確かに海外のブランドに比べたら安いだろうが、ファストファッションほど安くもないブランドだったはずだ。佑紀のために使った総額を考えると頭が痛かった。

三年半分の貯金から出そうかと思ったが、言うだけ無駄だろうと思い直す。だったら別の形で、涼誠が忘れた頃に返すことにしようと決める。

買ったばかりのコートを着て車に戻り、ランチのために移動した。水路とも川ともつかない水辺にあるレストランで、周囲にはぽつぽつと住宅があるのみという環境だった。

そこで佑紀は生まれて初めてガレットなるものを食べた。客はほかに一組だけで、初老の夫婦が大きな犬連れで静かに食事をしていた。

雰囲気抜群のレストランで案外ボリュームのあるランチを取った後は、また移動して街をぶらぶらと歩き、艶子に土産（みやげ）を買った。日持ちするジャムだ。

ホテルにチェックインしたのは四時頃で、シーズンオフのせいか時間が早いせいなのか、館内はあまり客の気配がなかった。

（っていうか同じ部屋！）

考えてみれば当然のことだった。わざわざシングルルームを二つ取る理由がない。部屋に入って初めて佑紀はそれに気がついた。

しかもベッドがぴったりくっついている。ハリウッドツインというタイプだ。

同じ部屋で寝泊まりするという事態に動揺していると、卓馬からメッセージが入った。涼誠から家庭教師の予定を変更する連絡が入ったのだろう。

「卓馬からだ」

「なんだって？」

「お土産よろしく、って。そういえば卓馬の買うの忘れてた。あ、それと昨日の通信障害のこと言ってる。やっぱそれなりの規模だったのかなぁ」

特に用もないのに卓馬がメッセージを寄越すのは珍しい。それほどまでに土産が欲しかったのだろうか。

「まぁ、買うけど」

「そうだな。あいつはいい仕事をするから、奮発してやらないとね」

「そうなの？」

やはりこの兄弟は仲がいいなぁ、とあらためて思う。けれども以前のような嫉妬心はついぞ湧いてこなかった。


二泊目は三時間ほど移動して富山県内の温泉旅館に泊まった。渓流沿いに建つ、堂々とした建物だった。

本当は早い時間――少なくとも明るいうちにチェックインして、ゆっくりと温泉を楽しむ予定でいたのだが、出発地で観光やら買い物やらをしていたら時間がたってしまい、到着が六時少し前になってしまった。

外は真っ暗だ。時間的に夕食時間ギリギリだったので、部屋に通されてすぐ夕食のために食事処へと移動することになった。

そのおかげか旅館泊という事態にあまり緊張はしていない。それより時間に間に合ったという安心感が強かったからだ。

夕食には二時間ほどかかり、部屋に落ち着いたときには八時をまわっていた。

「いまさらだけど、なんか場違い」

二間続きの部屋は佑紀にしてみれば贅沢きわまりなく、旅館自体もグレードが高そうだ。料理だって豪華で、高級食材が惜しみなく使われていた。

悔しいことに食べきれなかった。涼誠ですら〆(しめ)のご飯に手を付けなかったくらいだから相当だろう。

「大げさだな」

「だって旅館なんて初めてだし、こんな高そうなとこ……高いよね？」

「そうでもないよ。ミドルクラスだし、部屋もそれほどじゃない。本当は露天風呂付きの部屋にしたかったんだけど、取れなかったんだ」

取れなくてよかったと、心のなかで呟いてしまった。そんな部屋に泊まったら一泊いくらするのか、佑紀には想像すら出来なかったからだ。

涼誠が遠い世界の人でないことには納得したが、少なくともいろんな感覚は佑紀とまったく違うのだろう。

「代わりに貸し切り露天風呂を予約しておいたから、一緒に入ろうな」

「えっ」

「九時から一時間ね」

さらりととんでもないことを言われた。要するに二人だけで風呂に入ろう、と誘われてしまったのだ。

無理だと思った。

「い、いやあの、せっかくだから一人でのんびり……どうぞ……」

「せっかくだからこそユウも入るんだよ」

にっこりと笑う涼誠に否と言う度胸はなかった。いっそ仮病を使ってしまおうと思ったが、愚策だとすぐさま却下する。具合が悪いなんて言い出したら過剰に心配されて大ごとになるのが目に見えている。

しかも居間に繋がる襖を開けたら布団が二組敷いてあり、言葉をなくした。なぜかベッドがくっついているよりも恥ずかしくなってしまった。

いや、昨夜も佑紀は大変だったのだ。家にいるときは空間が広いから平気だったが、狭い——家と比較してだが——ツインルームでは落ち着けなかった。隣で涼誠が眠るのだと思うとドキドキしてしまい、横になってからもなかなか寝付けずにいた。

車内のほうがずっと狭いだとか、そういう問題ではないのだ。

涼誠と二人だけで風呂に入ることに比べたら、母親と会うことのハードルは低く感じた。

心の準備が出来ないまま時間となり、涼誠に促されて部屋を出る。やはり客が少ないのか、貸し切り露天風呂に着くまで誰にも会わなかった。

定員が四人だという風呂の脱衣所は手狭だが、二人ならば不自由はなかった。あくまで物理的な話であり、佑紀の心情はまた別問題だ。

背中を向ける形でもそもそと服を脱ぎ、涼誠が浴室に入ってから一分くらい待ってそろりと扉を開けた。

（よし）

ちょうど涼誠は髪を洗っているところだった。ちょうど四人分の洗い場があり、扉を開けて外へ出るようだ。

佑紀は急いで髪と身体を洗い、かなり雑にすませたことには目をつぶって露天風呂へ行った。そうして肩まで風呂に浸かり、出入り口に背を向ける。

こうすれば涼誠の裸を見ずにすむ。いや、見たくないわけではない。見た後の自分に自信が持てないから避けているのだった。

浸かって三十秒もたたないうちに涼誠がやってきた。

「早いな」

「ま、まぁね」

「一緒に入るのも久しぶりだよな。あれもキャンプのときか」

「だね」

キャンプ場の近くには日帰りの温泉があり、立ち寄ったのだ。もちろん二人きりではなかったが。

あの頃はなんとも思わなかった。涼誠のことは格好いい兄貴分として憧れていたが、自然に目を合わせられたし裸を見ても平気だった。

「ユウ、なんで後ろ向いてるんだ？　こっちおいで」

「無理！」

「それは悲しいな」

くすくすと笑っているのは、佑紀を気遣ってのことだろうか。本気で悲しんでいたらどうしようと、ちらちら背後を窺った。

「だ、だって……涼誠お兄ちゃんは確かに幼なじみだけど、何年もＲＹＯＳＥＩ推しだったわけだから」

「ユウの推し方は疑似恋愛系なのかな」

「はい？」

恋愛という言葉が、胸にずどんと響いた。返しの言葉が出てこないのは衝撃のせいだけでなく、そもそも反論出来なかったからだ。

男同士の恋愛は、この数年とても身近にあった。艶子に彼氏がいたこともあったし、歩いているだけで同性カップルに出くわす街で暮らしていたからだ。

嫌悪感は抱いていない。想いあっているならば男同士だっていいと思っている。けれども自分がそうかと言われたら……。

「ち、ちが……」

「確かめてみようか」

「え」

やけに近くで声がする。背中に波立つ湯が当たったと思ったら、次の瞬間には手をつかまれていた。

びくっと震えるのにかまうことなく、涼誠は指を絡ませる形で繋いできた。いわゆる恋人繋ぎというものだった。ただし佑紀はいまだに背を向けたままだが。

「りょ……涼誠、お兄ちゃ……」

「うん?」

「な、なんで、こんな……」

「昔もよく手を繋いだだろ?」

「そうだけど、こういうんじゃなかった……っ」

数え切れないほど繋いだのは確かだけれど、もっと普通の繋ぎ方だった。それは間違いなかった。

軽く手を引いてみるがびくともしない。佑紀には精一杯の抵抗だった。大好きな涼誠の手を振り払うことなんて出来やしないのだ。

そうだ、昔から大好きで、いまもそれは変わらない。けれど同じわけではなかった。

「ユウは俺にこんなことされるの嫌か？」

「い……嫌じゃ、ない。けど困るっ。なんで、涼誠お兄ちゃんこんなことすんの？」

「ユウが可愛くて仕方ないから。目を離すと、またいなくなるんじゃないかって、心配だから。後は……そうだな、ユウに触れたいから、だな」

なんだかとんでもないことを言われ、またも佑紀は言葉に詰まった。

可愛いなんて、成人を迎えようとしている男に言うことではないのに、それがまったく嫌ではないから戸惑ってしまう。真ん中の理由には申し訳なさを覚え、最後の一言にはどう対応したらいいのかわからなかった。

触れたい——。そして実際いま手を繋いでいる。やはり子供扱いなんだろうか。

（それは嫌だな……）

確かにいまはまだ保護者が必要だが、もう子供ではない。対等とまではいかないが、大人に近い扱いをして欲しいと思ってしまう。

（やっぱり涼誠お兄ちゃん、って呼んでるのもよくない……とか？　うん、さすがに子供っぽいよ）

的外れな考えに至っている佑紀を正せる者はおらず、そのうちに頭がくらくらとしてきた。

思考が空まわりして、考えがまとまらなくなる。

「そろそろ上がろう。倒れたら大変だ」

心配そうな涼誠の声は聞こえたが、内容までは頭に入ってこなかった。

その先のことはあまりよく覚えていない。

■■■

手を引かれるままふらふらとついてきた佑紀の身体を拭(ふ)いてやり、浴衣(ゆかた)を着せてベンチに座らせる。

涼誠は一度目を閉じ、ゆっくりと深呼吸した。頭のなかではずっと呪文のように「落ち着け、まだ早い、いまじゃない」と唱え続けている。

理性の箍(たが)をしっかりと締め直し、佑紀の髪を乾かしてから部屋に連れ帰る。そうして布団に横たえさせると、うーうー言っている顔――主に額に冷たい濡(ぬ)れタオルを乗せてやった。

「大丈夫か?」

「……うん、ありがと。世話かけてごめんね」

「いや、風邪(かぜ)ひかないようにな。俺は少し仕事するから」

優しく言い置き、隣の部屋へ出て後ろ手に襖を閉めた。

その瞬間、涼誠は静かに長く息を吐き出し、本能との闘いに辛くも勝利した。正直なところ危うかった。

一度洗面所に行って冷たい水で顔を洗い、鏡に映った顔を見た。

どう見たって欲情した顔をしているというのに、相変わらずなるべく目を見ようとしない佑紀は気づかなかったようだ。

風呂場での佑紀を思い出すと、また危ない状態になりそうだった。それでも頭のなかから目の当たりにした裸体を追い出せないでいる。

(俺の頭のなかで、どんなことされてるか……想像もしてないんだろうな)

何度も想像のなかで佑紀を汚してきた。組み敷いて身体を暴いて、蕩(とろ)けた顔をさせて淫(みだ)らな声を上げさせてきた。

優しいお兄ちゃんの皮を被ったケダモノに、佑紀はまったく気づかない。かわいそうだと思うけれど、手放してやることも絶対に出来ない。

だったら幸せにするしかないではないか。どろどろに甘やかして大事にして、あらゆることから守っていく覚悟は出来ている。

だが真綿でくるむように優しくするだけ、というわけにいかない。身体はもちろん心だって、けっして傷つけたりはしないが、泣かせてしまうことは避けられないだろう。

「幻滅されないといいんだけどな……」

それまでにしっかりと心をつかんでおくしかない。十分可能だと確信している。

ふっと息をついて熱を逃がすと、涼誠は涼しい顔をして戻り、パソコンを開いた。仕事をすると言った手前、連絡関係くらいはしておこう。

開発中のアプリについて制作スタジオや企業、あるいは個人から問い合わせが来ていたので目を通して返信し、部下の報告に対して指示を返す。それから卓馬への礼と、ＳＮＳの更新もしておいた。いまの涼誠にとっては佑紀へのサービスだ。

旅行中だということは言わず、もちろん昨夜の「デート」にも触れない。これは次の話題を提供するための更新でもあった。

ノベルティとして四月始まりの卓上カレンダーを出す、という情報の解禁だ。〈サイフィール〉のすべてのブランドが対象で、表紙を含めて十三枚の写真は撮り下ろしであることも明記した。

（こんなもの出すつもりはなかったんだが……）

条件の一つなのだから仕方ないと嘆息し、更新した。すると瞬く間にフォロワーが騒ぎ出した。思い通りの反応だ。

やるべきことを終えると、襖の向こうが気になった。湯あたりはよくなっている頃だと思うが襖はまったく動かない。

様子を見に行くと、佑紀はいつぞやのように布団に潜っていた。こちらの部屋は暗いが、隣からの照明が佑紀の目元に当たっている。眩しいのか、少しまぶたが動いていた。

起きているのは一目瞭然なのだが、ここは気づかぬふりを決め込むことにした。

「眠ってるのか？」

近づいて呼びかけるも狸寝入り(たぬきねい)は続いている。風呂でのあれこれで、顔を合わせづらいのだろう。

相変わらず寝たふりが下手だ。可愛くてたまらない。

手を伸ばし、先ほど乾かした髪に触れてみる。ぴくりと小さく身じろいだが、やはり知らないふりをした。

「良かった……本当に」

眠っていると思い、つい本心を漏らしてしまう……というシーンを作り出す。ただし嘘を口にする気はなく、すべて本当のことだ。

「五年間、本当に心配したんだぞ。どこかでつらい目に遭ってるんじゃないか、最悪なことになってるんじゃないか……って、不安で仕方なかったよ」

ろくに休みも取らずに動いていたのは、ある意味で逃げだった。仕事だけでなく、当時は必要のないアプリ開発にも精を出した。結果としてそれらは会社の役に立ったわけだが、ここの数年の涼誠は卓馬に言わせると鬼気迫っていたそうだ。

「頼むからもう二度といなくならないでくれ」

懇願は佑紀にとって、きっと枷であり重しだ。わかっていても言わずにはいられない。涼誠はもうなりふりかまっていられないのだ。佑紀を傷つけない方法ならば、どんな卑怯な手でも使う気でいる。

「ユウ……愛してるよ」

さらにまた少し近づき、囁くように心からの言葉を口にする。さらりと髪を撫で、隣の部屋に戻った。

閉めた襖の向こうでは、佑紀が大混乱に陥っているだろう。

仕掛けは上々だ。

（早く落ちて来てくれ）

道筋はもう見えているだろうから、後はもう佑紀が自覚し、覚悟を決めるのを待つだけだ。いや、待つだけなんて性に合わない。すでにずいぶんと待ったのだから、むしろここからは積極的に出るべきだろう。

場合によっては、少しくらい先へ進むのもありかもしれない。

ふたたびパソコンに向かっていくつか作業をこなした後、涼誠は明かりを落として寝室に移り、まずは自分の布団に潜り込んだ。

いつもよりずっと早い就寝に、なかなか寝付くことは出来なかった。いまのところ三時間も眠れば十分なパフォーマンスを発揮出来ているので、あえて睡眠時間を増やそうとは思っていない。

室内は静かで、遠くでエアコンの音がするくらいだ。佑紀の息づかいまで聞こえてきて、彼がいまだに眠れていないことがわかった。

きっとまだ混乱のなかにあるのだろう。

「ユウ……」

呼びかけに答えはなく、涼誠はしばらく待ってからそっと肩に触れた。すると今度はびくっと大きく反応があった。さすがに寝たふりは無理と察したのか、佑紀は小さく「なに」と返した。声は緊張を孕(はら)んでいた。

「もしかして、さっきも起きてたか？」

いま初めて気づきました、という様子で話しかける。

「……うん」

「そうか。ごめん……気持ち悪かったろ」

「そんなことないっ……！」

背を向けていた佑紀が勢いよく涼誠に向き直った。とはいえ暗がりのなかでは、顔もろくに見えないのだが。

顔はよく見えなくても、切羽詰まったような声から必死になっていることはわかった。佑紀自身のためには良くないことに、彼は昔から涼誠のすべてを好意的に解釈し受け入れる傾向がある。いわゆる全肯定というものだ。こんな状況になってさえ、否定や拒絶に至ることはない。

十分にわかっていながら、涼誠はさらに手を伸ばした。

「だったら触れても？」

自分で言って、一体どういう持って行き方だと笑いたくなったが、動揺している佑紀はそれどころではなかったようだ。

「え？」

「手、出して。さっきみたいに繋ぎたい」

「けどあれって、こ……恋人繋ぎ、ってやつじゃ……」

「そうだな。俺はユウとそうなりたいと思ってるよ。嫌か？」

否定できないとわかっていて問いかけると、案の定なにも返事はなかった。拒絶は出来ないが、頷けもしないのだ。当然だった。

肩から腕を辿って手を捕まえ、風呂のときと同じようにしっかりと繋ぎ合わせる。逃げようとしなかったことに安堵した。少なくともここまでは許容範囲ということだ。

引き寄せて抱きしめたときには、さすがに少し抵抗した。

「は……放して」

「眠れないんだろ？　心音聞くと眠れるかもしれないよ」

「余計に無理だってば……！」

もぞもぞと動いて逃げようとするものの、手足を使って押しのけようとまではしない。可愛らしいものだった。

「こら、暴れるな」

「暴れてないしっ」

布団の上で身を捩ったり押さえたりしているうちに、浴衣ははだけて素肌の一部が触れあう。佑紀の脚のあいだに涼誠の膝が入っている状態だった。

これはもう後戻りできない。もちろん段階は踏むし、培ってきた精神力はまだ削がれきってはいないが。

「ユウ……」

呼びかけた声は思いがけず掠れてしまった。

頬に手をやると、佑紀は固まって動けなくなる。暗闇に慣れてきた目は、なんとかシルエットくらいは映し出していた。

「俺はユウが思ってるような、優しいお兄ちゃんなんかじゃないんだ」

「そんなことない。涼誠お兄……涼誠さんは、昔から優しかったよ。いまだって、一番優しくしてくれてる」

昔は確かに「お兄ちゃん」としての好意で、優しくもしたし甘やかしもした。純粋に可愛いと思っていた。もちろんその感情もベースにはあるのだが。

「俺がユウに優しいのは、好きだからだ。さっき聞いただろう？　俺は、ユウに恋愛感情を抱いてるんだ」

佑紀の瞳が揺れるのがわかる。言葉や想いを受け取るのに精一杯なのだ。

返事を確かめることなく、唇を塞いだ。言葉だけでなく、行為でも涼誠の気持ちをはっきり告げるために。

触れるだけのキスに、抵抗は返ってこなかった。

少しずつ確かめるようにして、唇を舐め、角度を変えて重ね直し、歯の付け根をぞろりと舌で撫でる。

「ぁ……っ」

小さく震えると同時にこぼれた声が、涼誠の理性を本能で侵食していく。抵抗がないのをいいことに、むき出しの腿に手を這わせながら、ゆっくりと舌先を差し入れて佑紀の柔らかなそれに絡めた。

触れるたびに、びくびくと細い身体が震える。

それでも嫌がる様子はなかった。怖じ気づくそぶりは見せるものの、拒絶ほどの意思は感じさせない。ときおり小さな声を上げ、熱くなった息を吐き出すだけだ。

それでも下着のなかへ手を忍ばせたときは、怯えた声を出していやいやとかぶりを振った。

「や……ぁ、んっ」

わずかにばたつかせる脚を押さえ込み、下着を下ろして反応しているものを露出させる。そうして涼誠は自分のものとあわせて、ことさらゆるゆると扱きあげていった。

佑紀の甘い声が心地よく耳を打つ。彼はすでに抵抗どころではなく、与えられる快楽に翻弄されてしまっている。なんで、どうして、と泣き声まじりに訴えてきていたのは最初のうちだけだった。

高まるのは佑紀のほうが早く、やがてひときわ大きくびくんと震えると同時に、あっけなく精を吐き出した。

どうやらそのまま意識を手放してしまったらしい。失神というよりも、寝落ちというほうが正しいようだ。

「愛してるよ、ユウ」

無防備な唇にもう一度キスをして、涼誠はそっと佑紀を抱きしめた。

□□□

移動の車中は温度差がひどかった。

実際の温度の話ではなく、佑紀と涼誠の温度差だ。昨夜のことを引きずっている佑紀は会話どころか景色を見ることもままならない状態なのに、涼誠はいつもと変わらぬ涼しい顔でハンドルを握っている。

いや、顔については推測だ。朝からまったく顔を見ていないので、おそらくそうだろうと思っているだけだ。

「喉渇かないか？」

ただし声の感じは何割増しかで優しい——というよりも甘い。その声だけで腰から崩れ落ちそうになるほどだった。

その涼誠は、朝起きるなり必死な様子で謝ってきた。でも後悔はしていないとも言った。曰く「ユウが可愛くてブレーキが壊れた」とのことだ。

さらに昨夜言ったことは本心であり、撤回する気もないので、「告白を受け入れて欲しい」と口説かれた。

そう、口説かれたのだ。この自分が、あの涼誠に。

（そんなことってある……？）

夢でも見ているようだが、現実なのだ。何度も頬や手を抓ってみたし、昨夜の感触もすべて生々しく残っている。

朝からそんな調子だったので、豪華な朝食の味もわからなかった。だが残さずに食べた。ずっとギリギリの生活を送ってきたので、佑紀は出された食べものを残すのが嫌いだ。食べずに消費期限切れを起こすことも同じく嫌だった。

午後から母親に会う予定も、いまはわりとどうでもよかった。正直それどころではない。あるいは涼誠の狙いはそこだったのでは……などと、現実逃避をしたくなった。

カーナビに導かれるまま県境を越えてやってきたのは、静かな田舎町の一角にあるロッジふうのカフェだった。店は定休日だというが、窓に下ろされたシェードの隙間からは明かりが見えた。

店の前に車を停めると、定休日のプレートがかかったドアが内側から開いた。出て来たのは四十歳前後の男性だ。やや緊張した面持ちでこちらを見つめている。

「大丈夫そうか？」

「うん」

車から降り、軽く頭を下げる。そうして涼誠に続いて佑紀も店に入った。

店内は六席のカウンターを含め、三十人ほどで満席になる規模だ。カフェと銘打っているがランチにもディナーにも力を入れているようだ。

母親は所在なげに、店の一番奥の席の横に立っていた。

「佑紀ちゃん……」

久しぶりに見た母——実奈は、最後に見たときよりも少し老けて見えた。それでも実年齢より若い外見だが、身なりはずいぶんと落ち着いたものになっている。ヘアスタイルにもメイクにも気合いが入っている感じはないし、服装もおとなしい。老けていると思ったのは、きっとそのせいもあった。

「黙って出て行って、ごめんなさい」

それはあらかじめ決めておいた言葉だった。

「わ……私こそ、自分のことばかりでごめんなさい。ひどい母親で、ごめんなさい」

実奈は深々と頭を下げ、それからまっすぐに佑紀を見つめた。少し目は潤んでいたが泣き出すことはしなかった。

予想していた反応と違うので、次の行動に移れなかった。てっきり会うなり泣き出して、自分はそれを宥めればいいのだと思っていたのだ。

「どうぞ、おかけになってください。紅茶の用意も出来ましたし」

「あ……はい」

促され、奥の席に座ることになった。四人がけの席を二つ使い、佑紀と実奈が向かい合い、隣の席に涼誠と男性が座る。

男性は名乗り、実奈と婚約していると告げた。この店の二代目店主で、四十三歳。飲食店の店主だけに清潔感があり、とても穏やかで落ち着いた印象の人だった。

意外だった。彼は資産家でもないし、イケメンというわけでもない。これまでとは明らかにタイプが違っている。

「あの、どこまでご存じなんでしょうか」

「彼女が当時交際していた相手の息子（むすこ）が、佑紀くんに暴力を振るったと聞きました。それを知りながら、君に受け入れるように言ってしまったと」

驚いた。部分的にぼかしているが、事実を打ち明けていたらしい。あるいはすべてを聞いた上で佑紀と話す際には「そういうこと」にしてくれたのかもしれない。

母親は少し俯いたまま、口を固く引き結んでいた。

「……母のこと、よろしくお願いします」

この人ならばきっと大丈夫だろう。自分だけの判断ではなく、涼誠が言うのだから安心だ。

自己紹介と佑紀の進路について話してから、少し親子二人だけにしてもらうことになった。

涼誠と実奈の婚約者は、店の入り口に近い席に移動した。

店内には少し音量を上げて音楽が流された。落ち着いたインストゥルメンタルだった。

「本当にごめんなさい。いっぱい傷つけて、しなくていい苦労をさせてしまって……」

「苦労ってほどでもなかったよ。楽しいこともあったし、いい人にも出会えたし」

艶子と出会えたことを考えると、家出は悪いことばかりではなかった。運がよかったから言えることだが、後悔していない。

「信じてくれないかもしれないけど、佑紀ちゃんのことは大事に思ってるのよ。でも私はずっと自分が一番だったんだわ。佑紀ちゃんがいなくなって初めて、それに気づいたの。遅すぎたけど……」

病院経営者の男と別れたのは、佑紀が三男にされたことを話し、それが元で険悪な状態になったからだという。

もう恋人も作らず再婚もせず生きていこうと思ったそうだが、たまたま求人募集をしていたこの店で働き始めたところ、まず先代夫婦に気に入られ、外堀を埋められるようにいまの婚約者と付き合うようになったらしい。

先代が引退したのはつい最近のことだった。息子とその婚約者に後を任せ、ここから一時間ほどの場所で田舎暮らしを満喫しているとのことだ。

「彼はとてもいい人よ。佑紀ちゃんのパパみたいに、一緒にいてすごく安心できるの」

「そっか。俺のことは気にしないでいいから早く再婚しちゃいなよ。もうすぐ俺も成人するんだしさ」

「それなんだけど、これ……渡しておくね」

実奈は通帳と印鑑を揃えて佑紀の前に置いた。神奈川県に本店がある銀行のものなので、昔作ったものなのだろう。

「使ってね」

「え、でも……」

「親の義務よ。大学くらいは大丈夫だと思うわ。あ、医学部とかは無理かな」

「行かないから大丈夫。ありがと」

ここは素直にもらうことにした。佑紀も助かるし、受け取れば実奈も気が楽になるだろう。どちらも言いたいことは口にしてしまったせいか、途端に会話はなくなった。互いに距離感がつかめなくなっていたし、聞きたいことも聞いて欲しいこともないのだ。そういう親子なのだから仕方ない。

佑紀は涼誠たちを呼び戻し、四人で少し話をすることにした。そうして二時間ほどを店で過ごした後、二階の住居で夕食をごちそうになったのだった。

ちなみに実奈は店から徒歩五分のアパートで暮らしているという。

食事をしながらの話のなかで、今年中に入籍することが決まった。いい日取りを選んで届けを出すそうだ。

部屋に入るまですっかり忘れていたが、今日もまたツインルームだった。

どーんと置かれたベッドは初日と同じくぴったりくっついたタイプで、まるで巨大な一つのベッドのようだった。

入り口付近で固まる佑紀に、涼誠は気遣わしげな顔をした。

「同じ部屋は嫌か？」

「嫌とかじゃなくて、困ってる……」

佑紀はそれを正直に告げた。まして昨夜はあんなことがあったのだから、緊張するなというほうが無理だろう。

「俺から恋愛感情を向けられることは嫌じゃないのか？」

「うん……」

「口説かれることは？」

「それもちょっと困ってるけど……嫌じゃない、気がする……」

「キスは？」

なんだがどんどん追い詰められていくような気持ちになった。実際、ベッドに並んで座った状態で、質問ごとに顔が近くなってきている。

自分の膝あたりに視線を落とした状態で、佑紀は慎重に答えていった。

「嫌じゃなかったよ」

「ああいうことした俺のことは？」

「嫌じゃない」

「じゃあ、昨夜の行為自体は？」

一瞬だけ言葉に詰まった。嫌かどうか、それは考えるまでもなく結論が出ていたが、それを言ってしまうことに躊躇した。

口にしたら、後戻りできなくなる気がした。

「ユウ？」

それでも再度問われ、覚悟を決めた。

「……嫌じゃ、なかった」

「良かった」

「わっ」

安堵の息を吐き出した涼誠は、そのまま佑紀を抱き上げて、横抱きしたままベッドに座り直した。昨夜以来の至近距離に、とても顔は上げられなかった。

「なぁ、ユウ。それはつまり、俺のことが好きってことだよな」

耳元で囁く声にぞくぞくする。たっぷりと色気を含んだ声は、まるで甘美な毒のようだ。たちまち指先まで痺れて、力が入らなくなってしまう。

このままでは陥落するとわかっているのに、どうしたって逃げられないのだ。

「俺のことが好きだから、嫌じゃないんだよ」

「そうなのかな」

「ユウは優しくしてくれる人なら、相手が誰でも嫌じゃないのか?」

「まさか! あれは、だって涼誠……さん、だから……」

「うん。つまりそういうことだろう?」

やはりそうなのかと、佑紀は黙り込む。

昨夜は触られて達して終わったが、佑紀はその先の行為について知識がある。初めて知ったときはショックだったものの、艶子に「たいしたことじゃない」「男女のプレイにだってあること」と言われ、いつの間にか受け入れていた。

たとえば涼誠と恋人同士になったら、最後まですることになるだろう。想像してみて、さほど抵抗感がないことに気がついた。

むしろすとんと、収まるべきものが収まるところに落ち着いたような感覚がした。

それに熱っぽく自分を見て情感たっぷりに言葉を向けてくる涼誠は、けっしてRYOSEIではなかった。

そうだ、RYOSEIは常に淡々としていて、クールが売りで、笑顔は見せるけれども佑紀に見せる笑顔とはまったく違うのだから。

「正直、まだよくわかんないけど……涼誠さんがなにしても嫌いにならない自信あるよ」

昔から大好きだった人が、こんなにも優しくしてくれて、好きだと言ってくれるのだ。嬉しいという思いがなによりも強いし、好きにならないほうが不思議だ。

(好き……そうか、好き……恋愛感情……)

自分の反応に名前がついた瞬間だった。

抱きしめられて、おずおずと自分からも広い背中を抱き返した。

まだ自覚したばかりで口に出す勇気もないけれど、この旅が終わって気持ちが落ち着いたら自分も好きだと言おうと思った。


帰路は一気に東京まで走り抜けた。もちろん二度ほど休憩は挟んだが、行きのように泊まることはしなかった。

予定よりも短い旅程となったが、涼誠としては予備日のようなものだったらしい。一応旅行を続けるか尋ねられたので、佑紀は迷わず帰ることを選択した。

ホテルをチェックアウトした後、特に用事もなかったのですぐさま高速に乗った。おかげで夕方には自宅に着くことが出来た。

帰宅して一夜明け、佑紀はなるべく以前と同じように振る舞おうと頑張っている。まだ告白はしていなかった。

覚悟が出来ていないからだ。

(俺から好きって言ったら、そのまま押し倒されそうな気がするんだよね……)

この数日間で、佑紀はかなり正しく涼誠の性質をつかんでいた。甘いだけでなく、非常にセクシャルな気配を感じるからだ。

(めちゃくちゃ口説いてくるしなぁ……)

告白以来開き直ったのか、涼誠は愛情を言葉でも態度でも示すようになってきた。人目がないところに限るものの、息をするように愛を告げ、スキンシップを図ろうとする。

帰宅後もそうだ。ソファや椅子に並んで座るときの距離がゼロに近くなっている。よく手を繋いでくるし、抱き寄せられたりもする。

熱っぽい視線を向けられることも含めて、佑紀は少しずつ慣れてきていた。

涼誠は言葉と同じくらい雄弁に、好きだと瞳で語ってくる。見つめ返すことは出来なくても感じ取れた。

「うーん……あ、来た来た」

一人で部屋にいると涼誠のことばかり考えてしまって集中出来ない。ならばいっそ、とも思うが、思ったそばから「いやいやいや」と逃げ腰になってしまい、結局返事をするに至っていないのだ。

そんななか、艶子からのメッセージが返ってきた。

佑紀はスマートフォンを手に階段を下りていく。涼誠は仕事部屋で仕事をしている最中だ。連絡事項などはノートパソコンでやるが、プログラムを動かしたりするにはどうしても高スペックなデスクトップのほうが都合がいいらしい。

「涼誠さん」

指紋認証のついたドアを二つ抜け、仕事部屋へひょっこりと顔を出す。さすがに近くまで行くのは躊躇われた。なにしろ「開発中」のものなのだ。

「艶子姉さん、やっと起きたみたいで返事あったんだけど、四時頃会おうってことになったんだ。近くまで来てくれるって」

目的は土産を渡すことだ。本当ならば持って行きたいところだが、近づくなと言われているので仕方なかった。

振り返った涼誠は眼鏡姿だった。ブルーライトを軽減するためだ。

「ここで会えばいいのに」

「え、呼んでいいの?」

「ダメな理由がない。どうせなら新しい生活を見て安心してもらったらいいんじゃないか」

「別に心配してないと思うけどな。でも、来てって言ってみるね。ありがと」

佑紀は視線を涼誠の口元に当てたまま話し続け、上階へと戻った。いまだに口元や、せいぜい鼻のあたりを見るので精一杯なのだ。

そして自室に戻ってから、はーっと大きく息を吸った。

「眼鏡姿ヤバッ！　超格好いい！」

推しであっても好きな人であっても、彼が悶えるほど魅力的なことには変わりない。どうしてこれを誰かと共有出来ないのか、もどかしくてたまらなかった。

「卓馬に言ったって無駄だし、艶子姉さんもはいはいって流しそうだし……あっ、そうだ連絡しなきゃ」

急に我に返り、艶子にメッセージを打つ。間もなくして、四時頃におやつを持って行くわと返事があった。

会うのを楽しみにしながら勉強を再開し、三時半頃にキッチンへ下りて準備を始めた。今度は直接行かず、四時来客をメッセージアプリで伝える。さっきわざわざ伝えに行ったのは、なんとなく顔を見たくなってしまったからだ。いや、まっすぐに見たわけではないが。

涼誠はちょうどその時間はウェブ会議があるらしく、五時過ぎにならないと顔を出せないと返ってきた。艶子も一時間はいてくれるだろう。

佑紀は湯を沸かしてコーヒー豆を挽(ひ)いて、カップを温めておく。まだ数回しか淹れたことがないので緊張してしまう。

やがて時間通りに艶子が訪れた。一階まで迎えに行くと、呆(あき)れたような顔でついてきた。

「二十三だか四だかの若造がたいしたものよね」

「すごいよね。あ、会議があるから五時過ぎに顔出しますって言ってたよ。挨拶したいからそれまでいてくださいって」

艶子をリビングに案内し、コーヒーを淹れて戻った。そのあいだ、彼女はもの珍しげに室内を見まわしていた。

「北欧スタイルなのね」

「あ、うん。なんか……俺が好きそうだからって、これにしたみたい」

「まー至れり尽くせり。うん、美味しいわ」

「良かった」

コーヒーの味に及第点をもらって安心し、佑紀は買ってきた土産を渡した。ジャムと金箔（きんぱく）入りのハンドクリームだ。

それからいろいろと報告した。大学入試までの工程についてはすでに話してあるので、一緒に映画に行ったことや、三泊四日の旅のことが中心だ。母親については、肩の荷が下りたことだけ伝えた。

「それで……あのね、報告って言うか……実は相談があるんだけど」

「やつのことでしょ？　なに？　ようやく口説かれでもしたの？」

あまりにも涼しい顔で返され、佑紀は虚を衝かれてしまった。はくはくと、声を発することなくただ口だけが動いた。

　そうして十数秒後にようやく言葉が飛び出した。

「なんでわかんのっ？　え、え？　マジでどうして？」

「どうしてもなにも、あの男があんたに惚れてるのなんか一目見てわかったわよ。思ったより頑張ったわね。で？」

「一目でっ？　あ……うん、いやその……返事しようかなって」

「どっちの……なんて聞くまでもないわよね。あんたも大好きだものね」

「う、うん」

「そう。いいんじゃない？　申し分ないと思うわよ。でも注意しなさい。あれは相当独占欲が強い束縛系よ。がんじがらめにされるし、一つ間違えるとストーカーになるタイプね」

「束縛？　うーん……？」

　いまのところまったく実感はなかった。行動を制限されたこともなければ、予定を執拗に聞かれたりもしていない。もっとも佑紀はここへ来てからほとんど一人で外出していないので、必要がないとも言う。

「あんたが気にしないならいいのよ。溺愛してくれるのは間違いなさそうだものね」

「うん」

　艶子が言うならば安心だ。別に涼誠の人柄に不安などなかったけれど、信頼する人に好きな人が認められるというのは嬉しいものだ。

佑紀が小さく笑みを浮かべていると、艶子は「そうそう」と声のトーンを変えた。

「私からも報告があるのよ。店のことなんだけど」

「どうかしたの？　改装のこと？」

「ええ。見積もり出してみたら、思ったより費用がかかりそうなのよね。だから思い切って移転することにしたわ。少し狭くなるけど家賃はいまと同じくらいだし、新しいから綺麗なの。あ、ついでに男と別れたから……はいこれ」

そういった艶子はミントグリーンの花のチャームのついた合鍵を渡してきた。

「い……いいの？」

「実家だとでも思って、彼氏となにかあったら帰ってらっしゃい。私は当分男は作らないつもりだから」

「でも、あのへんに近づくなって……」

「前とは印象が全然違うからバレやしないわよ。まったく、可愛くなっちゃって。顔色もいいし、垢抜けたわ」

「涼誠さんが、いろいろしてくれて」

自分でも髪や肌がいい状態なのはわかっていた。手触りがまるで違うのだ。

「せいぜい貢がせてやりなさい」

「それはさすがに、ちょっと」

「あっちだって貢ぎたいんだから、好きにさせてやればいいのよ。それより恋バナを聞かせなさいよ。なんて言われたのよ」

ぐいぐいと迫ってくる艶子に問われるまま、佑紀は温泉宿での流れを話していった。かなり興味があるらしく艶子は前のめりだ。

そうして現在の佑紀の心情に至るまで語ったあたりで、階下から涼誠が上がってきた。

大人二人は穏やかに挨拶し、佑紀は自分たちのおかわりを兼ねたコーヒーをまた淹れた。

「卓馬が来るそうだから、夕飯の買い出しも頼んだんだ。店がなければ艶子さんも一緒にと思ったんですけど」

「残念だわ。またの機会に誘ってちょうだい」

「はい」

艶子が帰るのと入れ替わりに、材料を買って卓馬がやってきた。佑紀は涼誠とキッチンに立ち、すき焼きの用意をした。

「艶子姉さん、ときどき店で鍋をしたり、ホットプレート出して焼肉食べさせてくれたんだ。すき焼きも一回食べさせてくれたんだよ」

いまとなっては懐かしい思い出だ。その思い出の店も、もうじきなくなるという。

三人で鍋を囲んだ後、艶子の土産であるチーズケーキを食べた。片付けを終えた頃には九時をまわっていた。

卓馬はこれから、下の防音室でゲームをやる予定だと張り切っている。十時スタートのホラーゲームで、友達二人とマルチプレイの約束があるらしい。

「あ、忘れてた。卓馬、お土産」

一人暮らしの彼のために、ご当地レトルトカレーだ。各地で買ったので三種類ある。

「わぁい、食い物ーっ。川久保、やっさすぃー。兄貴は買ってきてくれないもんなぁ」

「そうなの？」

思わず涼誠を見るとあっさり肯定した。そんな涼誠は、電話の着信を見て溜め息をつき、三十分ほど外すと言ってまた下へ行った。ついでにドアは開けておく、とも。

「……こんな時間に仕事の電話なのかな」

「兄貴んとこのスタッフってほぼ夜型なんだよ。だから普通の会社だと働きづらいらしいよ」

「そうなんだ」

「川久保に仕事の話とかしねぇの？」

「しないなぁ……って、前からちょっと気になってたんだけどさ、なんで卓馬は俺のこと名字で呼ぶの？　俺って昔から『卓馬』って呼んでるじゃん？」

「あー……それね。それはさぁ、ぶっちゃけ兄貴の手前っつーか、俺が名前呼びしたら睨まれそうで怖くてさー」

卓馬は頭をかいて、とても言いにくそうだ。

彼はよくこんな様子を見せるが、決まって涼誠の話を——それも佑紀が絡んだときの話をするときだった。

少し考えてみたら案外あっさりと答えらしきものが出た。

「……それって、嫉妬でってこと？」

「うおっ！　ちょ、ちょっと待て、いま川久保の口から嫉妬とかいう単語が！　え、もしかして、とうとう兄貴の愛に気づいちゃった？」

「気づいたというか、告白されたから」

佑紀が大きく頷くと、卓馬はなんとも複雑そうな顔を見せた。涼誠に近い人間として手放しに喜べないのは当然だろう。

それでも卓馬は背中を押してくれるのだ。

「マジか。したんだ。それでそれで？　ＯＫしたんだよな？」

「……しようと思ってる」

「マジで？　良かったぁ、マジで良かった。いや……長かったわぁ……」

歓喜というより安堵が滲み出た顔と声だった。指先で小さな拍手までしているし、好意的に受け止めているのは本当のようだ。

「卓馬はどうして、そんなに俺たち……っていうか、涼誠さんを応援してたの？」

「それが俺の平穏な人生に繋がるからです」

「はぁ」

「頼むから添い遂げてくれ！　おまえに振られるとか、別れるとかなったら、兄貴死んじゃうからさ。これ大げさでも冗談でもないからな？　少なくとも心は確実に死んじゃうから！　頼むな！」

常にない勢いに、佑紀はつい頷いてしまった。振られるとしたら自分であって涼誠ではないと思っていたが、口に出すと面倒なことになりそうだったので黙っていた。


風呂が沸くのを待つあいだ、佑紀は部屋で寝転がって日課のＲＹＯＳＥＩの活動チェックをすることにした。

カレンダーの件で盛り上がったのは久々に楽しい流れだった。勝手に推し仲間と位置づけている人たちも大喜びで、彼女ら――おそらく――の喜ぶさまを眺めているだけでまた幸せになれた。

今日はなにか更新してくれているだろうか。あるいは〈サイフィール〉からの追加情報や新情報は出ていないか。

「え……？」

わくわくしながらSNSを開いた途端、目に飛び込んできたのは阿鼻叫喚だった。一部はお通夜で、一部は荒れ狂っていた。

理由は〈サイフィール〉公式からの発表だ。

RYOSEIとは再来年の三月をもって契約を終了し、本人はモデルから引退するというものだった。

それについてRYOSEIは自身のアカウントからなにもコメントを出していない。

「嘘……」

だって涼誠はまったくそんなことを言っていなかった。ここで発表しているということはあらかじめ決まっていただろうに、そんなそぶりさえ見せなかったのだ。

ここで気になるコメントを見つけた。

「デート騒動……？」

なんだろうと辿っていき、映画を見に行ったときの目撃者が写真をアップしたことで結構な騒ぎになっていたことを知った。

なんで今日まで気づかなかったか不思議なくらいだった。

「そうか、通信障害で……え、でも昨日もその前も、そんな話題出てこなかったし……カレンダーでかき消されたのかな」

そんなことよりも、ＲＹＯＳＥＩの引退だ。もしその理由が本当に自分だったとしたら、佑紀は自分が許せないだろう。

やはり告白なんかするべきじゃないのではないか。

自分のせいで、みんなからＲＹＯＳＥＩを奪ってしまうのではないか。

佑紀はスマートフォンを握りしめ、大きく深呼吸してから涼誠にメッセージを打った。引退についての質問だ。いまは顔を合わせず、アプリでのやりとりがいいと思った。

本人を目の前にしたら取り乱してしまいそうだったからだ。そこもきちんと訴え、返事はアプリでと頼んだ。

すぐにメッセージが返ってきた。

「決まったのが、今日……」

以前から――正確には佑紀が見つかった後で〈サイフィール〉に打診し、何度かの話し合いをへて、ようやく今日の夕方合意に至ったという。佑紀には客が帰った後で話そうと考えていたが、その前に〈サイフィール〉の副社長から電話が入ってしまい、つい先ほどまで捕まっていたようだ。

副社長がどれだけＲＹＯＳＥＩに入れ込んでいるかは卓馬に聞いたことがあった。

五十代後半の女性で、もともとはデザイナーとして高く評価されていたそうだが、四十代の初めに「もう作りたいものがない」として経営陣に加わり、間もなく副社長に就任したらしい。彼女をふたたびデザイナーに戻したのがＲＹＯＳＥＩというモデルだと聞いた。卓馬曰く、ＲＹＯＳＥＩは副社長の「ミューズ的な存在」だそうだ。それだけに契約解消は大変だったのだろう。

佑紀は「わかった。仕事の邪魔してごめん」とだけ返してアプリを落とした。話してもらえなかったことには納得した。タイミングの問題ならば仕方ないし、正式に決まるまでは誰にも言えなかったのも理解している。

「でも……やっぱり俺のせいじゃん」

溜め息をつく佑紀のスマートフォンに、涼誠からのメッセージが入った。後で行くから、ちゃんと話をしよう……とのことだ。

「行く……来るっ？　え、いや待って！」

こんな状態で涼誠と対峙したくはなかった。自分からも告白するという決意はすでにどこかへ吹き飛んでしまっている。

艶子のそばに三年半もいたことや、卓馬が理解を示してくれることから感覚が麻痺していたが、男同士の恋愛は誰もが受け入れてくれるものじゃない。それを思い出した。そして涼誠には両親がいて、社会的な立場だってあることも。

氷の入った水を頭からかけられたような気分だった。

自覚はなかったがずいぶんと浮かれていたらしい。

「どうしよ……」

会いたくはないが、籠城する場所はない。各自の部屋には鍵がないし、隠れるようなところもない。一階のガレージも意味はないだろう。

だから佑紀は約束を破ることにした。家を飛び出すことにしたのだ。

コートに袖を通し、新しく買ってもらったボディバッグを掛けて家を出る。一応、机の上に書き置きを残しておいた。少し頭を冷やしてきます、と。

階下にいる卓馬には当然頼れないとして、艶子もいまは店にいる時間だ。

「そうか、あれ使えば……！」

もらったばかりの鍵の使いどきが早くも来た。行き先は艶子のマンションに決まった。とはいえ無断で入るのはよくないので、艶子の許可を得てからにしよう。

徒歩五分の地下鉄の駅まで来て、スマートフォンを取り出した。ここは先日バスで来たのとは違う駅だ。最寄り駅としてはこちらなのだ。

佑紀は着信二件といくつかのメッセージの表示に戦慄した。すべて涼誠だった。家を出てから十分もたっていないのにと少し引いた。

「…………」

見なかったことにして電車に乗った。乗り継いで新宿三丁目駅まで行き、歩いて艶子の店へ向かう。

いまの店の契約は今年いっぱいだと聞いた。もしかしたらこれが見納めかもしれないと思えば、こうして一度見ておくのもいいかもしれないと思った。

電話をかけたのだが、艶子とは話せなかった。気づけば出てくれるはずなので、忙しいか気づいていないか、なのだろう。

いまの佑紀ならば大丈夫だと艶子が言ってくれたので、やや緊張しつつも不審に思われないよう背筋を伸ばして顔を上げて歩いた。

(でもさすがに店には入れないよね)

未成年なので営業中のバーへ入店するのは躊躇われる。万が一、艶子に迷惑がかかってもいけない。

どうしたものかと思っていると、ちょうど店に入ろうとしている客を見かけた。

「あの、すみません」

声を掛けると、三十歳前後と思われる男は胡乱(うろん)な顔で振り返った。すでに酔っているらしいから、ここは二軒目か三軒目なのだろう。

「えっと、ここのママに伝……」

「かっわいいーっ!」

突然の大声に、ぎょっとしてしまった。

「え?」

「君、めっちゃ美人じゃん！　相手探してる感じ？　おっけーおっけー、君みたいな可愛い子に会えるとか超ラッキー」

「違っ、そうじゃなくて！」

「ええ？　あ、もしかしてウリだったか？　いいよそれでも、いくら？」

とんでもない勘違いをされていると気づいて離れようとしたものの、それより早く腕をつかまれた。吐き出す息が酒臭くて思わず顔をしかめる。

「そういうんじゃないんで！」

違うと言っても酔っ払いには伝わらない。これは少しぐらい蹴って逃げてもいいのではないか。そう思ったとき、誰かが佑紀の背後から男の手首をつかんだ。

「俺の連れに気安く触るな」

地を這うような低い声は確かに佑紀が知っているものだったが、聞いたことがないトーンでもあった。

「なにすん……」

「放せと言ったつもりなんだが、理解できないか？」

「あ……いや、あの……すんませんでした」

威勢が良かったのは最初だけで、男は佑紀の背後にいる人物——要するに涼誠と目が合うと、赤かった顔を一瞬で青くした。続いてぱっと手を放した男は、そそくさと立ち去り、夜の街へと消えていった。

佑紀は振り返ることも出来ず、立ち尽くしている。

「帰るぞ」

いつになく淡々とした声に、びくっと震えた。優しかったり甘かったりする声しか聞いてこなかったから、別人のように固い声を聞くだけで悲しくなる。

だが涼誠が怒るのは当然だとも思った。

連れられて車に乗せられ、結局艶子に会うこともなく帰ることになった。

「……ごめんなさい」

最初にするべきことは謝罪だ。後はもう言い訳になってしまうから、佑紀から口を開くことはしなかった。

涼誠は溜め息をつき、言葉を選ぶようにして言った。

「いや俺の配慮が足りなかった。ＲＹＯＳＥＩ推しだっていうなら、引退にショック受けるのは当然だよな」

「出て来ちゃったのは……その、気持ちの整理付けるまで直接会わないようにしたいって思ったからで……いまも、どうしようって思ってて……」

佑紀は自分でも不思議に思うほど動揺してしまい、声も少し揺れてしまっていた。震えるほどではないけれど、平常時とは違うのは明らかだった。

そんな佑紀に、涼誠は気遣わしげな顔を見せた。糾弾しているように取られて怯えさせた、と勘違いしたらしい。

違うのに。でも上手く説明出来そうもなく、佑紀はただ緩くかぶりを振った。

「提案がある。今度二階の仮眠室を籠城用に改装するから、出て行くのはやめてくれ」

「わ……わかった」

頷いてから、いやそういう話ではないような……と気がついた。あるいは空気を変えるためにあえて言ったのかもしれないが。

「それで、まずは俺の言い分を聞いてくれるか」

「うん」

「俺がモデルをやることにした理由は知ってるよな？　で、その後は仕事面でも役に立つから続けてたってことも」

「聞いたよ」

卓馬が何度も言うので、佑紀の感情的な部分はともかくとして、その事実はさすがに理解していた。

「で、俺的には正直もう必要なくなってるんだ。むしろ表に出てる分、気を遣わなきゃいけないことが多くてマイナスになってる。いまはいろんな干渉が煩わしくなってるのも事実で……プライバシー面で特にね」

「それは……」

佑紀の存在を抜きにしても、そこは気になるところなのだろう。誰だって自分の行動が他人に晒される事態をよしとは思うまい。

いままで涼誠の立場になって考えたことはなかった。ＲＹＯＳＥＩの話題に関しては、公式のみならず一般人の目撃情報や隠し撮り写真にも喜んで食いついていたのも確かだった。雑貨店で買いものをしていたとか、レストランで会食っぽいことをしていたとか、弟らしき人物とパソコン専門店がひしめく界隈を歩いていたとか。

けれど「デート騒動」の写真には佑紀も少し写っていて、見知らぬ人に自分の知らないところで行動を拡散される、という事態に少し怖くなった。

「嫌だよね。そっか、そうだよね」

「ユウは……もしかして、自分のせいでって思ったのか？」

「うん。俺が見つかって、それで……俺と恋人になるには一般人でいたほうがいいのかなって、そう思った」

「それもないとは言わないよ。でも、結局は自分のためなんだ。ユウが気にする必要はないんだよ。正直、仕事や立場なんて全部投げ出したってかまわないし」

「えっ！　だって会社……！」

佑紀は目を瞠った。

一緒に暮らすようになり、目の前で仕事をする姿を見るようになってわかったことがある。それは涼誠が〈ｃａｒｉｓｓｉｍａ〉をとても楽しそうにやっているということだった。開発の作業はもちろん、多方面への折衝すらも。

なのに当の本人はあっさりと言う。

「会社は人に譲ってもいい。いままでだって、軌道に乗せた後に手を引いた会社も複数あるんだ。経営からは手を引いても、いくつかまだ権利を持ってるし、まぁ当分食うに困ることはないかな」

「そうなの？」

「ユウのこと以外は飽きっぽいんだよ。というか、作るのが面白いんであって、完成後の維持管理には興味がない。経営者には向いてないんだ。アイデアも企画も所詮は人からもらって、俺はそれを形にしてるだけだ」

「だけって、十分すごいと思うけどなぁ。楽しそうに見えたし……」

「楽しいのは確かだけどね。まぁ、俺よりすごいものを作る人はいくらでもいるし」

少なくとも自己評価ではたいしたことがないようで、そこは佑紀にとってかなり意外なことだった。

引退理由については、いくらか納得した。本人が辞めたいというなら、それは佑紀があれこれ言うべきことではないだろう。まして自分のせいだなんておこがましい話だった。

ただし惜しむ気持ちは強かった。なにより潜伏していた時期を支えてくれたＲＹＯＳＥＩがいなくなってしまうことは、とても残念で悲しい。

（嫌なら仕方ないか……）

涼誠に聞こえないように溜め息をつき、佑紀は賑やかな街の明かりを見つめた。

結局、佑紀の外出は一時間にも満たず、しっかりと手を握られた状態で帰宅を果たした。

身体が冷えていたので、そのままバスルームに押し込まれた。

話の続きをしようと風呂上がりにリビングへ行くと、黙ってソファの隣の席を叩かれた。

「この際だからカミングアウトしておくよ。俺はね、ユウが身を引くとか、いなくなるとか言い出したら、うっかり監禁しかねない男だからな」

「……やっぱり？」

艶子の見解は正しかったと証明された。本人が言うのだから間違いない。

「引かないんだな」

「ああ、うん。そういうタイプだって、艶子姉さんも言ってたし。それと卓馬は、俺がいなくなったら涼誠さん死んじゃうって言ってた」

「二人ともよくわかってる。ユウは……わかってくれてないみたいだけどな」

「え、いやあの……」

やはり怒っているのだろうか。心なしかいつもと様子が違うし、少し圧のようなものを感じる。

「何年も生死すらわからなくて……いつ最悪な知らせが来るかって不安で仕方なかった」

「ごめん……」

「やっと見つけたのに、ユウは何回も俺から逃げようとするし」

とす、っと軽い音がして、気がつけばソファに押し倒されていた。思わず見てしまった涼誠の目はギラギラしていて、どこか切羽詰まっていた。

とっさに目をそらそうとして、けれども佑紀は留まった。これ以上逃げてはいけない。目の前にいるのは偶像なんかではなく、きっとこれまでも佑紀の身勝手な行動や態度に傷ついてきた人なのだから。

「ごめん……なさい」

RYOSEIさまなんて口にして、何度も嫌な思いをさせた。離れているあいだに、彼を人扱いしなくなっていた。

三年半という期間が彼に与えた傷に、やっといま気がついた。

「ユウ、ユウ……」

抱きしめられて、せつなげに何度も呼ばれた。まるで迷子になった子供のようだった。

この人は、佑紀なんかのことでこんなにも不安定になってしまうのだ。あんなに落ち着いていて、余裕たっぷりで、追いつけないほど大人だと思っていた人が。

縋（すが）り付くようにキスをし、肌を求める涼誠を、追い詰めてしまった佑紀が拒否することなんて出来るはずがない。

「あ、ぁっ」

半裸にした胸に顔を埋め、涼誠は強く胸を吸う。同時に反対側も指先で執拗に弄（いじ）りまわした。最初はなんにも感じなかったのに、弄られているうちにそこから甘く痺れるような感覚が身体の芯に向かって走るようになっていた。

歯を立てられて、小さく声が漏れる。

嫌だなんて少しも思わなかった。触れてもらえるのが嬉しくて、気持ちよくて、もっとして欲しいとさえ願ってしまう。

そのうちに指だけが胸を離れ、身体の線を辿って下りていく。腰骨のあたりを触られると、勝手に腰がびくりと跳ねた。

「うんっ、あ……あっ」

このあいだも触れられていたから、さほど抵抗はなかった。今度は涼誠のものと一緒ではなく、佑紀のものだけが長い指に愛撫（あいぶ）される。

腰が震えて、声が抑えられなくなった。

「ああ、んっ……あ、っあん……」

高められ、追い詰められて、心臓の鼓動が耳元で聞こえていた。自分の声がひどく遠くなっている。

「やっ、待……っ、い……く……っ、ぁあっ！」

少し強く乳首を噛まれ、同時に先端のくびれを指でぐりっと押された佑紀は、仰け反るようにして絶頂に至った。

頭のなかは真っ白で、このあいだの絶頂感より強く感じた。

まだ余韻も抜けきらないうちに濡れた指が佑紀の後孔を撫で、反射的に入った力を散らすように何度もそこを撫でた。

気をそらすための愛撫が再開して、ガードが緩くなったところに指が侵入した。

わかっていたことだが、ひどい羞恥心に見舞われる。あの美しい指が身体のなかで動きまわっているなんて気が遠くなりそうだった。

「や、やだっ、そこ……っ」

指が動くたびに、ぐちゅぐちゅと湿った音がする。異物感ばかりがひどかったものが、得体の知れないむず痒さに変わるのに、そう時間はかからなかった。

初めてがソファなんて少しハードでは、と残った理性が途方に暮れていた。よくよくソファには縁があるのかもしれない。なにしろ三年半もそれが佑紀の寝床だったのだ。

こちらのソファのほうがずっと上等で、十分な広さはあるのだけれども。

「余裕だな」

「ん、ぇ……っ？」

とろりと溶け始めた目を向ける。いつものように優しく、でもどこか獰猛さを纏った目がじっと佑紀を見つめていた。

「違うこと考えてただろ。ちょっと手加減しすぎたかな」

「ひっ……ぁあっ！」

指の腹で探られた場所を不意に強く弄られて、佑紀は腰を捩って悲鳴を上げた。容赦なく責められて、とてもほかのことなんて考えられなくなる。

指を増やされて淫猥な音を立てて抜き差しされ、いつの間にか佑紀は腰を揺らしていた。

「んっ、ぁ……あっ……」

膝が胸につくような格好にさせられて、高く浮き上がった尻に涼誠のものがずぶずぶと入り込んできていた。

その圧倒的な質量に怖じ気づいたのは仕方ないことだろう。

「む……無、理……」

「大丈夫。いい子だから、力抜いて……そう、上手だ」

腰骨あたりを撫でられて、くったりとした佑紀自身をまた愛撫される。そうやってごまかされながら、じりじりと涼誠を受け入れていった。

自分のなかが涼誠でいっぱいになっていくのが怖くて、でもそれ以上に嬉しい。好きな人にだったら、きっとなにをされたって嬉しいに違いない。

「痛くないか？」

「ん、大丈夫」

苦しかったけれど痛みはない。自分の身体がなんだか不思議で、佑紀は自分の下腹——ちょうど涼誠が入っているあたりをそっと撫でた。

途端にぐんとなかに入っているものの質量が増えた。

「ごめん、もう限界だ……いいか？」

はぁ、と熱っぽい息を吐くから、佑紀はこくりと頷いた。正直なところ、なにが「いい」のかよく理解していなかった。

「あぁっ……！」

涼誠のものが引き出されていく感触にぞくぞくと総毛立ったところへ、ふたたび深々と突き上げられた。

その後はもう無茶苦茶に翻弄された。

泣いても縋っても聞いてくれず、突き上げられるままソファの上で身体を揺らすはめになった。気持ちいいのと苦しいのは似たようなものなのだと初めて知った。

違うのは、その苦しさが嫌なものじゃないということだ。

「やっ、そこ……っ、ぁん……！　だ、めぇっ……」

ひどく弱いところを責められ続け、無意識に逃げようとした腰はがっちりとつかまれてしまった。

大きく揺さぶられながら激しく穿たれる。

唇から出てくるのはすでに意味のない喘ぎ声ばかりだった。

「ぁああっ……！」

なかをかきまわされ、深々と突き上げられ、佑紀は嬌声と共に仰け反った。奥深いところに熱流を感じた気がして、ひどく満たされた気持ちになる。

腿の内側はびくびくと痙攣し、呼吸が乱れて薄い胸が上下した。軽く撫でられるだけでまたいきそうになるほど肌が敏感になっていた。

うっすらと目を開けたのは、少しばかり衝撃が収まってきてからだった。

目の前に、美しい顔があった。いまはもう彼の目をまっすぐに見つめることが出来た。

いつもと同じ優しい目は、けれども欲を孕んでとても美しかった。飢えた獣のように佑紀を見つめている。

そしてどこか怯えてもいる。佑紀が後悔していないか、やはり嫌だったと言いはしないか、きっとそんなふうに不安になっている。

ああ、なんて愛おしい。

ふわりと佑紀は微笑みを浮かべた。

「好き……涼誠さんが、好きだよ……」

途端に端整な顔がくしゃりと歪む。

こんな顔もするんだなぁと、胸がきゅっと締め付けられるように苦しくなった。甘くて、少しせつない感じもして、苦しいはずなのにとても幸せな気持ちになれる。

抱きしめてあげたいと、そう思った。昔からずっと彼が大好きだったけれども、こんなふうに愛しいと感じたのは初めてだったから。

「どんな涼誠さんでも好きだから……大丈夫だよ」

「本当の俺は嫉妬深いし、独占欲も強い。それに……性格も良くはない。おまけに……」

そこからマイナスプロモーションがしばらく続いたところで、佑紀は自分から涼誠の唇にちょんとキスをした。

驚いたように涼誠が口を閉ざす。

「知ってるよ」

どうやら嫉妬深いみたいだし執念深くもあるようだ。佑紀が思っているよりもずっと歪な人間なのかもしれない。それに佑紀限定でケダモノらしい。本人がわざわざ言うのだから本当なのだろう。

それでも――。

「俺限定なら……どんだけエッチでもいいよ」

「後で撤回してきても聞いてやれないぞ」

「しないよ。だって……」

涼誠さんにだったら、なにをされても大丈夫。だから不安がらないで。

そんな感じのことを告げたら、涼誠はそれはそれは幸せそうに微笑んで、こつりと額を合わせてきた。

■■■

やってしまった、と言うのが、冷静になって一番最初に思ったことだった。

隣で眠る佑紀を見つめ、涼誠は人知れず焦っていた。顔には出ないので、もし見ている人間がいたとしてもそうは思わないだろうが。

「普通、引くだろうな」

少なくとも当分は隠そうと思っていた部分をうっかり見せてしまった。嫌われたらどうしようと不安になるも、いまさら取り返しはつかない。

なんとかフォロー出来るものだろうか。

昨夜はソファで一度抱いた後、ぐったりとした佑紀を涼誠の寝室に運び、そこでまた行為を再開した。あらためて全身を愛撫し直して、体感では一時間以上もひたすら佑紀の肌を堪能していた気がする。我ながら変態くさいと思った。

涼誠にとっての二度目と三度目は抜かないまま立て続けに責めたし、その後も後戯とばかりに佑紀にむしゃぶりついた。そこで終わればまだ良かったのに、風呂に入れていた最中についに四度目の行為に至ってしまったのだ。

佑紀は途中で意識を飛ばした。本人はもちろん、涼誠だって佑紀が何度いったのか覚えていなかった。

「嫌われても文句言えないか……」

はぁ、と溜め息をついていたら、むっとしたような声が被さってきた。

「嫌いになるわけないじゃん」

いつもは澄んでいて愛らしい声も、さすがに掠れてざらざらだった。小さく口を尖(とが)らせているのもまた可愛かった。

告白をすませたからか、恋人同士になったからなのか、あるいはセックスという濃密な行為をしたからなのか、佑紀は涼誠の目をまっすぐ見つめてくれるようになった。

愛しくてたまらなかった。

「どんな涼誠さんでも好きだって言ったよね？」

「昨日の俺は全然格好良くなかっただろ。ユウは格好いい俺が好きなんだよな？」

「だから、それも含めて全部格好いいんだってば」

さすがに佑紀の全肯定には年季が入っている。恥ずかしそうに言い切るのが可愛いし、なにより嬉しい。

感極まって抱きしめたのは仕方ないことだろう。

「ユウ」

「なに？」

返事と一緒に、佑紀はぎゅっと抱き返してきた。

「昨日言った通り、ＲＹＯＳＥＩは引退する。そうしたら、その後はユウだけの涼誠だ」

悪くないはずだとそう思った。推しが自分だけのものになるのは、嬉しいことだろうと思っていたからだ。

だが佑紀は少し考えてから、にこりと笑って言った。

「でもＲＹＯＳＥＩさまも好きなんだ。だって人生初の推しで、最後の推しなんだよ？しょうがなくない？」

すがすがしいほどの笑顔だった。昨日あれだけ自分の下で乱れ、官能に染まりきった顔を見せていたというのに。

少しばかり複雑な心境で、涼誠は苦笑を返すしかなかった。

恋人の嗜み

予定より打ち合わせは早く終わった。

引退まで約一年となった涼誠だが、それなりにこなさねばならない仕事はある。むしろカウントダウンが始まったことで、一回ごとの拘束時間は増えていた。

(今日はマシだったな)

おかげでなんとか明るいうちに帰宅出来た。ガレージに車を入れ、まずは二階のオフィスに立ち寄ってから仕事場である三階で短い作業を行った。使ったのは階段だ。

会社の仕事をしているうちに外はすっかり暗くなった。

そろそろ佑紀も帰ってくる頃か。

今日は午前中から彼は外出していた。たまには外で遊ぼうと卓馬に誘われ、屋内型のアミューズメントパークに行ったようだ。同級生とのみ遊ぶことも必要だろうと涼誠は快く送り出したが、相手が卓馬でなかったらなんとしても阻止したかもしれない。心が非常に狭い上に余裕がないのは自覚していた。

パソコンの電源を落としてから四階住居に繋がる階段を上がってドアを開くと、帰宅したばかりの佑紀とかち合った。

「えっ」

帰宅したばかりの佑紀は玄関を背にしたまま固まり、幽霊でも見たような顔をしている。確かに予定よりも早い時間にいるのだが、同棲中の恋人に向ける顔ではなかった。

これはどういうことか。しかし疑問はすぐに解けた。

ハッと息を呑んだ佑紀が手にしていたショッパーを慌てて身体の後ろに隠し、あわあわと視線をさまよわせたからだ。

頭のなかでは必死にごまかす方法を考えているのだろうが、はっきり言って無駄だ。無駄だが可愛いのでOKだった。

「買いものか」

ショッパーは〈Ｌｏｕｐ ｎｏｂｌｅ〉のものに間違いなかった。

状況把握は正しく出来ているつもりだ。佑紀はＲＹＯＳＥＩのカレンダー欲しさに対象ショップで二万円を超える買いものをしたのだった。

「う、うん」

「ノベルティはもらえたのか？」

「あ、うん。じゃなくてっ……いや、あの……えーと、どうしても自力で欲しくて……」

しどろもどろの弁明にはそもそも意味がない。佑紀が自分の金でなにを買おうと、それは本人の自由であるし、涼誠が口を出すことではないからだ。

たとえ欲しかったというノベルティを、すでに二つ持っていたとしてもだ。

「そうなんだろうな。正直、気持ちは理解できないけどな」

涼誠の手元に届いた数個のカレンダー見本のうち、佑紀には二つ渡した。全部渡そうとしたら、二つだけでいいと頑なだったので、余った分は仕事場のキャビネットに突っ込んである。

「こういうのはファンの嗜みなんで！」

キリッとした顔で声高に言われても、ああそうかと気の抜けた返しをするしかなかった。

なぜすでに二つも持っているのに、自力ゲットにこだわるのかまったくもってわからない。

そもそも一つを使用し、一つは未開封のまま保存するというのもわからないのに。

「まぁ……いつ見ても楽しそうだよな」

潜伏生活中に生きがいだったと聞いた以上、無闇に否定など出来るはずもない。以前とは違い、きちんと目の前にいる恋人とは区別して考えているようだし、涼誠としてもあまり狭量なところは見せたくない。

「えっと、楽しいけど、涼誠さんとデートしたり遊んだりしてるほうがずっと楽しいよ？」

「え？」

「あ、やっぱわかってなかった。うーん、それって俺がＲＹＯＳＥＩさまＲＹＯＳＥＩさま言ってたせいだよね。わりとこっちのは『はっちゃけるぞ！』って気合い入れて楽しんでる感じなんだよ」

へにゃりと眉を下げる佑紀に、涼誠は内心ひどくうろたえた。だがあくまで内心なので、動揺はほぼ表に出ていない。

「……なるほど？」

佑紀を促してリビングのソファに座り、話の続きを求める。

少し考えて言葉をまとめ、佑紀は口を開いた。

「だからね、推し活は一方的なもので、ただ楽しい感じ。で、涼誠さんとのお付き合いは、双方向で、楽しいプラス幸せメーター振り切れてる……って言えばわかるかなぁ？　あんまり喩え上手くなかったね」

「いや……わかるよ。うん、良かった」

思っていたよりも佑紀は涼誠の隣という位置に馴染んでいたようだ。いろいろな戸惑いや葛藤、あるいは抵抗感などを乗り越えていまがある。

「ＲＹＯＳＥＩさまは、写真とか雑誌とか、ＷＥＢ上の人だからさ」

「そうだな。こんなふうに……」

顔を寄せて、覗き込むような格好で唇にキスをする。

「キスしたりしない」

「……うん」

少し照れくさそうにはにかむが、以前のような大仰なほどの反応は見せなくなった。恋人同士という関係になって数ヵ月。さすがにこういった行為にも慣れてきている。

逃げ惑うばかりだった深いキスにも応えてくれる。いまだにぎこちないけれども、なんとなくこのまま上達することはないのだろうなと思った。

「ん……っ、ふ……」

再びのキスの合間に佑紀は甘い息をこぼし、しがみつくように涼誠のシャツに指先を掛けている。

とろりと溶けていくのが早くなった。快楽を覚え、気持ちよくなることに躊躇いがなくなったせいだろう。涼誠との行為には素直になるように教えたからだ。

ソファに横たえた身体は、数ヵ月前よりも肉付きが良くなった。華奢なのは骨格のせいもあるだろうが、もうどこにも不健康さはない。

佑紀はとても綺麗だ。表情がくるくると変わり、仕草が小動物のように愛らしいものだから、どうしてもまず「可愛い」という言葉が出てくるが、顔立ちや身体付きそのものはとても「綺麗」だった。髪も肌も、ほかでもない涼誠が熱心にプロデュースしているのでとびきり美しく仕上がっている。

キスするあいだにシャツをたくし上げて肌を露出させ、その綺麗な身体を組み敷いて、いつものように丁寧に暴いていった。

「ぁ、ん」

胸に吸い付いて舌先で転がし、涼誠は滑らかな肌を撫でていく。

こうして当たり前のようにキスをし、身体を重ねる。そうするために言葉を必要としなくなって、それなりの日々が過ぎた。最初の頃は言葉なり雰囲気なりで、佑紀に予告——あるいは心の準備をさせていたものだった。いまは恋人同士の当たり前の行為として、自然に受け入れてもらえている。

だからといってすべて慣れきったというわけでもない。佑紀はいまだに羞恥心(しゅうちしん)を捨てられていないし、毎回とてもドキドキしているようだ。様子から見て取れるそれが真実だと、本人がぽつりと打ち明けてくれた。とても可愛かった。

素肌を撫でていた手がボトムスのなかへ入り込もうとすると、そっと手を重ねられた。

「あ……明るいの、やだ……」

震え声の懇願は、涙目というおまけ付きだ。かなり下半身に来たが、ここは余裕を見せて優しく微笑(ほほえ)む。

「消せばいい?」

「……ベッドがいい」

することに抵抗はなくとも、佑紀は場所やらシチュエーションやらにはこだわりがある。いや、こだわりというよりも固定観念か。セックスは寝床でするもの……というやつだ。なし崩しにバスルームやソファで至ったことは何度もあるが、本意ではないらしい。背徳感があるのだろうか。

背徳感と言えば、涼誠が初めて愛撫として佑紀の性器や後ろの孔(あな)に舌で触れたときは大変だった。泣くわ震えるわで、とてもじゃないが続行出来なかった。まるで恐怖を味わっているような反応だった。実際には背徳感とは少し違うのだろうが、要は涼誠にそういうことをさせてしまうことへの抵抗感が激しいものだったのだろう。

結構な時間をかけて受け入れさせた。嘘を交えて言い聞かせ、なんとか至った。

それでもいまだに、泣きそうな顔をする。それを蕩けさせ、ぐずぐずにしてしまうのも、また楽しいわけだが。

「移動しよう」

半裸の佑紀を横抱きにすると、おずおずと両腕が首にまわされる。いわゆるお姫さま抱っこも佑紀が恥ずかしがる行為の一つだ。

緩やかな階段を上がり涼誠の寝室に行く。広さは佑紀のところと変わらないが、ベッドの大きさが違う。こちらはダブルサイズで、涼誠の身長にあわせたロングサイズだ。

ちなみに佑紀がこちらのベッドを使う頻度は非常に高い。眠るにしろ、そうでないにしろ、ほぼ毎日と言っていい。

明かりを落とした部屋でキスをしながら身に着けたものをすべてなくし、たっぷりと時間をかけて全身くまなく愛撫していく。

最初のうちは理性の下にあった反応が、少しずつ快楽に押し流されて素直になっていくのがたまらない。甘くて濡れそぼった声が耳に心地いいし、乱れた息も跳ねるようにくねる身体も涼誠を煽るばかりだ。

「ん、ぁ……やぁ、んっ」

舌先を身体のナカにまで入れて、ゆっくりと犯していく。最初はイヤイヤと半泣きで身を固くしていたが、時間をかけて愛していくうちにすすり泣きに近い喘ぎしか聞こえなくなる。身体は力をなくし、もうとろとろだ。

でも溺れているのはむしろ涼誠のほうだろう。

涼誠にとっては佑紀がすべてだ。世界の中心なんてことは当然で、いっそ自分というものの核が佑紀と言ってもいいくらいだ。

「も……いい、からぁ……」

早く、と声にならない声で請われ、返事の代わりに腿の内側にキスをする。そうしてくったりとした身体を抱え込むようにして、じりじりと身体を繋いでいった。

余裕なんてあまりないけれど、なんとか年上の恋人としての面目を保つためにあえてゆっくりと突き上げていく。いまさらだとは自分でも思っているが、がっつく様子は見せたくなかった。本当にいまさらだが。

なにしろ恋人になってから毎日のように抱いているのだ。あくまで「ように」なので空く日もあるが、数えるほどしかない状態だ。付き合い始めの同棲カップルなんてそんなもの……と吹き込んであるので、いまのところ文句は言われていない。床事情に関しては佑紀は艶子にも話していないようだった。幸いである。

「きつくないか？」

「あっ、あ……ん、気持ち、い……っ……」

暗がりに慣れた目は、佑紀の表情までもはっきりと見せてくれる。

本当に気持ちよさそうに喘ぐ彼は、伸ばした両手でぎゅっとしがみついてきた。

「可愛い」

ふっ、と自然に笑みがこぼれる。最中にしがみつかれるのも、背中に爪を立てられるのも、等しく涼誠は好きなのだ。

それに涼誠だって、とても気持ちがいい。こうして繋がった状態で佑紀のなかを味わっているときはもちろん、前戯のときだって肌の感触を楽しみ、佑紀の愛らしい反応で気分よくなっている。

そうでなかったら毎日のように求めたりしない。

たまに箍が外れてしまうこともあるが、いまのところ拒絶されたことはないのでセーフだと思っている。怒られたことは何回かあるが。

まぁ、原因は涼誠ばかりにあるわけではないのだ。

「そ、こっ……ダメ、やぁ……涼誠お兄ちゃ……ぁあっ」

「っ……」

不意を打たれて、今日も理性はあっけなく吹き飛んだ。

すっかり「涼誠さん」呼びが定着し、お互いに慣れてきたというのに、佑紀はたまにこんなふうに幼い呼び方に戻ることがある。

ダメだろう。涼誠の性癖の一部に、これはずぶりと突き刺さってしまう。

まだ夕食前だとか、明日は十時から卓馬が家庭教師に来るだとか、そんなことは頭から消え失せた。


日付もとっくに変わった午前一時に、佑紀はリビングのソファでぶうぶう文句を言っている。

「せっかく昼型に戻ったのに、こんな時間にご飯とかダメだし、もう終わったって思ったのにお風呂場でもっかいとかダメだし、一回じゃなかったのもダメだし！」

「そうだな」

解凍したポタージュのみの夕食――いや夜食は、こんな時間に重たいものを食べたくないという佑紀の至極真っ当な主張に従ったものだ。なんなら食べなくても、というのは涼誠としては受け入れられなかった。

スープの入ったカップを手に、佑紀は口を尖らせている。

「涼誠さんって、ときどき暴走するよね」

「暴走というほどでもないと思うけどな……」

ぼそりと呟いた言葉は佑紀の耳に届かない。ちょうど彼がふうふうとカップに息を吹きかけていたからだ。

涼誠としては、今回はかなりマシだったはず……なのだ。なにしろ佑紀は気絶しなかった。意識が飛びかけた場面は何度かあったが、こうして無事に夜食を口にしている。足下はふらついていたものの、自力で歩けてもいた。

「嫌だったか？」

「そういうことじゃないんだってば。き……気持ちいいの、やじゃないし……涼誠さんに触ってもらうの、好きだし……」

真っ赤な顔でそんなことを言うのは反則だろう。

自分はかなり理性的なはずだ、と涼誠は自負している。こんな恋人を前にして、おとなしくスープを飲んでいるのだから相当だ。いくらでも褒めてくれていい。

「じゃあどういうことなんだ？」

「だから、ああいうのは休みの前の日とか……いや俺ってある意味毎日休みなんだけど、えっとつまり予定の入ってないときにしてってこと」

「……いいのか」

「なにが？」

「暴走しても」

これは少し予想外だった。てっきり佑紀は抵抗空しく貪られ尽くして、流される形でそれを許してくれているだけだと思っていた。まさか条件付きで事前許可が出るとは思っていなかった。

拗ねたような顔は、きっと照れ隠しだ。

「い……いっぱいしても、飽きたりしない……？」

「するわけない」

「……だったらいいや」

いますぐにまた食ってもいいだろうか。いや食うなというほうが無理だろう。

涼誠は自らのカップをテーブルに置き、佑紀の手からも取り上げた。そうしてひょいと、風呂上がりの身体を抱き上げる。

「りょ、涼誠さん？」

「卓馬には断りを入れておくよ」

そうして佑紀には、後からたっぷりと怒られよう。

あとがき

はじめまして、あるいはこんにちは。きたざわ尋子でございます。

もともと溺愛攻めはわりと書くんですが、今回の涼誠は脳内が騒がしいタイプの溺愛攻めです。なんだか「可愛い」ばかり言っていた（あるいは思っていた）気がする……。目的（佑紀）のためには手段を選ばない系の人でした。持ちうるすべてのスペックを受けのために使っているというか。まぁ、とてもシンプルですね。

佑紀はそんな重たい愛を受けても全然へいちゃらです。鈍感力が高いというか、なにかしらの変換フィルター（高機能）が備わっているというか。作中でもありましたが、ようするに割れ鍋に綴じ蓋ってやつです。

卓馬はとても楽しかったですね。非常識な兄とポンコツな幼なじみに挟まれてますが、強かなので全然平気という子なので。彼は無駄にいろいろ設定だけ作ったんですけど、話にまったく関係なかったのでほぼまるっとカットしました。

どんな活動しているか、あれこれ考えたんですよ。いや本当に無駄に。卓馬は一人ではホラーゲームとかステルスアクションゲームとかをよくやっていて、友達とはバトロワ系とか人狼系をやっている感じです。

以前は私、動画とか配信とか結構見ていたんですけど、いまは不動産系を少し見ているだけになりました。面白物件の紹介動画が楽しいんですよ。

かなり前は某サンドボックス系ゲームにはまっていて、コメントが流れる某動画サイトを夜な夜な見ていたり、自分でもプレイしてたまにマルチにも参加していたりしてたわけですが、ある時期から画面酔いするようになって出来なくなってしまいまして。どれくらい前かというと、そのゲームがベータ版の頃に始めまして、ゲーム用のPCもWindows7っていうくらい前です。すでに骨董品になったPCは処分待ちの状態ですが、ワールドデータだけは記念に残してあるので、いつかまた再開出来る日が来るといいなぁ。

と、相変わらず内容に関係ない話が長くなりました。

素敵なイラストを描いてくださったサマミヤアカザ先生、本当にありがとうございました。美麗で艶っぽくて、そして可愛い！　口絵のハートがとても佑紀っぽくてたまりません。本の仕上がりが楽しみです。

最後に、ここまで読んでくださった皆様、ありがとうございました。またどこかでお会い出来ますように。

きたざわ尋子

✦初出　推しの溺愛が限度を超えてます……………書き下ろし
恋人の嗜み………………………………書き下ろし

きたざわ尋子先生、サマミヤアカザ先生へのお便り、本作品に関するご意見、ご感想などは
〒151-0051 東京都渋谷区千駄ヶ谷 4-9-7
幻冬舎コミックス　ルチル文庫「推しの溺愛が限度を超えてます」係まで。

幻冬舎ルチル文庫

推しの溺愛が限度を超えてます

2022年6月20日　第1刷発行

✦著者	きたざわ尋子　きたざわ じんこ
✦発行人	石原正康
✦発行元	株式会社 幻冬舎コミックス 〒151-0051 東京都渋谷区千駄ヶ谷 4-9-7 電話 03(5411)6431[編集]
✦発売元	株式会社 幻冬舎 〒151-0051 東京都渋谷区千駄ヶ谷 4-9-7 電話 03(5411)6222[営業] 振替 00120-8-767643
✦印刷・製本所	中央精版印刷株式会社

✦検印廃止

ISBN978-4-344-85063-7　C0193　Printed in Japan